长角羚 蚊滋滋 著

在里山种地

天津出版传媒集团

天津人民出版社

果麦文化 出品

目录

前言　　1

第一章　醒来

"省事"就是费事　　10
淘种者说　　20
种子，作为礼物　　31
种菜也可以从好苗子开始　　38
向农夫和番茄学育苗　　45
种一辈子地　　52
土脏吗？　　58

第二章　追着光

蔬菜联合国　　68
人虫菜三角链　　75
野生花园　　82
根：生长的镜像　　90
旱榜地，涝浇园，认真的？　　99
搭菜架　　107
野草、腰与膝盖　　113
天有不测风云　　119

第三章　膨胀与炸裂

开花不结果，到底谁的错？	128
咔嚓咔嚓，"修"成正果	134
果树下的院子	139
你要的成熟，我等不起	146
就在这一刻，别让它溜走	152
小鸟园艺师	158

第四章　回归

红薯、草木灰与蛴螬	166
菜生按下暂停键	172
本地农民本地菜	177
冬小麦的黄金魔法	183
冬藏：把菜园搬回家	188
拉秧有"感"	194

前言

因从事生态保育工作，我们时常到访天南海北的山野乡间，面对人与自然的冲突也就成了家常便饭。二十年前，乌江峡谷里的一处村寨，农户间的小路还需手脚并用才能应付。周围的森林早已不能随意砍伐，而到了冬天，还得靠一炉通红的青冈木炭才能抵挡山墙缝隙钻进的北风。门前的树不让砍，又雇不起人畜，大哥只能靠自己一点一点从外面把炭背回来，否则一家人都要将就着忍耐。大哥用最朴素的猪油辣子拌面招待了我们。一碗下肚后，"家门口现成的资源能不能用，该不该用？"这问题留在了我们心里。

做回都市人的时间，打理一片满是生机的小菜园弥

补了暂别山林的遗憾，也为我们带来应对冲突的灵感。保护自然总不能，也不该一直把人排除在外。于是，我们从自家后院，到城郊租种几十平方米的小块地，再到一亩多、带着温室的迷你农园，将融入自然的生活逐步拓展。2015年开春，我们索性把家搬到了距离北京城区70公里的一座小山下，十年的生活眨眼而过。

春日走出农舍，在吊顶里筑巢的北红尾鸲，忽地从眼前飞过，赶着去菜地捉虫，哺育雏鸟。门前的大桑树下，拥拥簇簇的香草花园镶嵌在朴素的大地厨房里。仅一径之隔便是由生活废水灌溉出的人工湿地，高耸的芦苇辟出一片夏日阴凉，也给北方狭口蛙提供了栖息场所。住在库房的小猫和大棚内外不时照面的赤峰锦蛇、黄鼠狼都是捕鼠高手，一袋袋磨好的玉米、麦麸全靠它们把守。前行几步进入菜地，入秋后，藤蔓交错的支架，连同覆盖地面的秸秆和保留的野草丛，乱中

3

农舍前

有序。远处大田里成片种着玉米、红薯、小麦,还有白菜、萝卜这些冬储菜的主力。狗舍和堆肥栏位于田地对面,紧挨着羊圈和一片三亩左右的微型草场,此处最适合眺望农舍东侧的小山。它的海拔仅有 200 米,低处被开垦成梯田果园,两百多棵果树和林下散养的鸡群,除了生产食物,还为我们做饭取暖提供木柴。四处采蜜授粉的木蜂很喜欢在这些柴堆里生儿育女,低调的短尾蝮偶尔也会在此藏身。沿着小路继续上行,便进入大片密匝匝的次生林。别看从半山的农舍走到山顶只需十几分钟,却一点儿也不耽误这片小山野性十足。从雉鸡、狗獾、貉、果子狸,再到

大田里的胡萝卜、旱稻和玉米

凶猛的豹猫，优雅的狍子，这些年林间布设的红外相机里，野生邻居们频繁出镜，一再刷新着我们的预期。简而言之，像这样驯养与野性并存，人的活动与自然的生息彼此交织的地方，便可称作里山（Satoyama）。

在这里，我们尝试把自然当作邻居而不是对手，除了停用农用化学品，还会刻意保留一些野生植物群落，哪怕只是很小一块，都会有惊人的发现。农舍两侧的窗前保留着野生红蓼，作为一种本土植物，它们非常适应山上的气候。每年早春自行发芽，无需灌溉，借着夏天的雨水，迅速蹿过房檐。大而柔软的叶片为居室遮阴，从夏到秋，

杏花盛开

持久绽放的粉色花丛,还成了虫子们的据点。凭一根"针管"吸干肉虫的蟒,阴影里正要抽刀的螳螂,扮成蜂取食花蜜的蝇,在红蓼秆中产卵的象鼻虫……俨然一座昆虫旅馆。每一处野性的保留,都在帮忙编织属于这方水土的生命网络。多样性的回归让消失的平衡重新建立,菜园里"一虫独大"的灾情也随之减少。

在里山种菜的另一份馈赠,来自这片充满野性的次生山林。行山途中,林下土壤的色泽、质地,触发我们对菜园养分循环的思考;那些高低错落的草木,更让我们读懂生生不息的野草原来是来自山林的信使。想想每一棵蔬菜的祖先也都曾是一株野草，尽管长期的选育让它们变得面目全非，但原始的"性情"始终保有。说到底，菜园亦是一片充满生机的植物群落，只因与人相伴，承载了更多我们的意志与期待。当下，蔬菜的生产和消费方式与自然环境越发脱离，导致其自然生命属性被商品属性遮盖，能聊的都是："能吃吗？好吃吗？怎么吃？"我们试着打破菜园在大家心里的刻板印象，希望更多人意识到种菜不仅是一种生产行为，一种自给自足的生活方式，更是一种关系的建立。将山林的"逻辑"注入一片菜园，种地的操劳突然有了另一种意义，农夫也从菜园的主人转变成自然的合伙人。

在山上住了这么些年，常有喜爱自然的朋友上门体验，其中不乏想去种地却犹豫不决者。其实种一片菜园无关大小，亦无所谓在乡间、庭院，还是阳台的花盆中，更不必纠结自己到底有没有所谓的"绿手指"。种地就像结交一位新朋友，去关注她的身，去感知她的变，去共情她的心，如此一来菜园也会慢慢向你靠近，有意义的联结就此建立。我们在这个过程中踩过不少坑，也积累了些经验，总算能瞎写点儿东西，与诸位分享一二。

如今，我们依然是大自然的学生，因为我们的心里有座山。

长角羚 & 蚊滋滋

第一章

醒来

"省事"就是费事

上山前,我和蚊滋滋一边实践一边看书学习播种、浇水、除草、施肥等方面的种植知识,也实地拜访过几家专业的农场,感觉信心十足,跃跃欲试。猫冬期间,我忙着制作错综复杂的种植计划表,心中还生出几分"忧虑",这到了收获的季节,菜多得吃不过来可怎么办呐?现在想起来简直笑翻,一个冬天的高瞻远瞩,却忽略了打好基础的第一步,即播种之前的土地整理。比起种菜的技艺、丰收的喜悦,"整地"这件事似乎没什么存在感,也没啥技术含量。我不仅没把它当回事,甚至想着有没有什么短平快的办法,能偷点儿懒,让这个鸡肋的环节迅速闪过,赶快开始种菜!

这个想法伴着我冬去春来。随着天气渐暖，我和一位从村里请来的郭师傅刚干完个大活儿！一架小推车，我俩分前后，一人向上推，另一人利用钢筋窝出的钩子钩住车头，套根橡胶皮带，挂上肩膀，同时向上拉，将买来的牛羊粪"喂"给几层梯田上的两百多棵果树，由于车重坡陡，最后那十几车都是靠鬼吼续命，才踉跄收了工。顺着下山路，我们回到屋前休息，蚊滋滋忙完了室内大扫除，给我俩沏了壶茶。我连忙灌上两口解解乏。郭师傅抿了抿，给我俩递了个意外的小眼神儿："哟，这茶新鲜啊，清香味儿！"3月的北方山里，本就没啥景致，山林少有绿意，耕地菜园连片的黄土，夹杂些破败的作物秸秆，一眼便望到了尽头。忽然，有什么引起了郭师傅的注意，他拿起茶杯往地里走去，我跟在后面。

"哦，我说刚才看过来是什么呢，你归置地啦？"他憋了一口没笑出来，"茶叶新鲜，这田埂我看着更新鲜。"

"咳，不就是有点儿画龙嘛！自己家的菜园子，攒那么直溜给谁看？能种就得了呗。"我笑着说，"这么大块地，不到一天我就干完了，明儿个再把剩下的地翻翻，就等下种啦！"

郭师傅忽然透出几分严肃："干是干完了，但你这不叫个活儿啊！得了，明儿一早我再来一趟吧，放心，不算你工钱啊。"说罢，把茶杯撂给我，骑上电车擦黑下山了。我顺口搭了句音，心里多少有些莫名其妙。

第二天，郭师傅如约而至，还带了把自己的铁锹，看来是要亲自示范，好好给我上上课。我还有点儿不服不忿，感觉整地这些事不过都是些追求完美的形式主义罢了，哪有什么一定之规，郭师傅的执念，应该为我这个效率派让让路。

ROUND1：打田埂

"昨天我就瞅你这田埂不顺眼，个个歪，个个歪得还都不一样。你这是要种菜呀，还是搞创作啊？"

"哈哈哈，我就是想图个省事，管用就行了不是？"

"还管用？就你这些田埂，一会儿往左一会儿往右，把地块围得一片儿窄一片儿宽的，美观放一边，以后怎么种菜？"

"灵活根据地形呗，宽地儿多种一行半行的，窄地儿少种，不就完了。"

"叶菜间距小，你那样还凑合，像茄子、西葫芦这些占地儿大的怎么办？需要搭架子的豆角、番茄呢？也多搭一架半架的？多出来的那些地儿，最后还不是个浪费？"

"这个……您容我再想想。"

"还想啥呀，你这个田埂不光是七拐八绕，还松松垮垮，是不是虚堆了两锹土就再没管？"

"嗯，是。"

"这不行，田埂可不是个摆设，浇地时得靠它挡水，上头还老得走人呢。瞧瞧，就你这埂，我还没走俩来回就快给蹚平了。"

"得了得了,听您的还不行,我把田埂给重新整整,也不费多大事。"

"先别急着上手,问题还不止这些。"

苍茫3月下的歪田埂

ROUND2：缩菜畦

"还有？"

"你这个畦面打得太宽，得够六尺（约2米）了吧，看着挺大气，以后干活儿多不得劲儿啊！"

"怎么呢？"

"你看，以后甭管是松土、除草还是收菜，无论站哪边儿的埂上，你都够不着地中间儿，干活儿脚还得踩进地里。这一来，容易误伤菜不说，频繁进出还把田土踩得梆硬，对菜的生长也不好。你看这会儿，咱俩一人一边，连手把手递个工具都费劲，是不是？"

"啊，您的意思是要把菜畦改窄？那我之前的这些埂不都白攒了？！"

"呵呵，把地块收窄点儿，不光人干活儿方便，浇地时水流得也痛快，以后你就明白啦。不过这块地现在还不太平，南高北低，一会儿顺手也得整整，我帮着你一块儿。"

ROUND3：整平

"这我还真没注意，有点儿坡度也碍种菜的事？"

"种倒不碍事，可浇水就麻烦啦。你这小片地还好，以前我们一大条地种粮食，就是因为土没整平，无论是浇地，还是下雨，田里的水都会一溜烟儿往低处去。种在高处的庄稼不够喝，同一批播的种，长势比低处的差出去好多,到了那会儿再想重新找平也没法弄了。"

"哎哟,这还没开种,怎么就这么多麻烦事,好没效率。"

"你呀,老想着省事,种菜跟这过日子一样,每一步都是勾着的,这一步省了事,下一步就更费事,而且是加倍奉还。想把菜种好,地必须先给整瓷实喽,这才能越干越顺手。"

"听人劝,吃饱饭,我去拿把锹,开干!"

"嘿……哟!嘿……哟!"

"停停停,你怎么这样用铁锹?"

ROUND4:你好像不太会用铁锹

"我怎么用了?"

"你像刚才那样,再翻锹土我看看。"

"俩手握着把儿,把锹踩进地里,铲出一锹土来,再翻个儿拍碎,不就这么使吗?"

"哈哈,手脚没错,就是这腰板忒实在了,弯了直,直了弯,老这么翻不累吗?"

"时间长了是有点儿。"

"来,你看我,把背尽量绷直喽,保持住,试着多用腿分担腰吃的劲儿,把弯腰改成弯腿,胳膊靠近身体,侧着点儿,借腰腿合力,提起铁锹顺势翻土,就像这样……嘿哟!"

"这样能省腰吗？"

"当然啦！不过费点儿腿，哈。"

"哦？那不怕，我腿有劲儿，以前还真没这么操练过，怪不得老腰疼，这就试试。"

费力

省力

铁锹翻耕姿势

也不知是郭师傅那天心情不好，还是太好，关于整地的谆谆教导（各种数落）承包了我心碎的一上午。当然老师傅除了言传，也卖力身教，带着我整出了四块他心目中的标准菜畦。临近晌午，师傅喊我收工。我们坐在地头沏上两杯茶水，小憩了一会儿。

"这种菜和整地之间啊，就像开车和这村里修路一样。着急搞出来的路，驴粪蛋儿，表面光，后面问题一大堆，再修补也终究是条破路，车开在上面坑洼不平，想快也快不起来，没几年又得重铺。还不如慢一点儿，从头把地基做扎实，后面就是些常规养护，既省心，车开着也舒服，你说哪个效率高？这些后边的地可就要靠你自己了，记着，可别再跳步了。"

"知道啦，知道啦，步骤我都记下啦。快来两口茶，这茶可真好喝，昨天怎么一点儿也没觉得？"

"嘿嘿，因为你昨天效率太高，光顾了喝，没顾上品。"

"瞧瞧瞧，您又数落我……我把茶没收了啊！"

我俩一阵哈哈大笑，笑师傅无孔不入的叨叨念念，也笑自己那一笔笔糊涂的"效率账"。我同意师傅关于开车与修路的形象比喻，但又觉得农夫、蔬菜和土地间的关联不该仅止于此。到底缺了什么呢，我还说不太清楚。

---------- TIPS ----------

郭师傅的北方旱地平畦整地全流程

1. 将发酵好的牛羊粪倒在地块中间，用锹均匀撒开；
2. 用铁锹（或锄）翻土，约一锹深度，将肥料翻入土中，并拍碎翻出的土块，同步清除石块（因菜园靠山，土里石头超多，每年翻地都有斩获）和头年的秸秆残茬，使土壤变得更加疏松易耕；

3. 确定田埂位置，两田埂中线之间距离1.5米，畦面可种植区域宽度约1.2米（根据我们的身高臂长，干活儿方便），沿南北方向做菜畦（蔬菜接受光照均匀），在田埂头尾分别打上木桩，拉一条直线；

4. 用铁锹或锄沿线左右为田埂培土，确保笔直，培完后侧身用脚踩一遍，培土、踩实的步骤往往需要多重复两遍，最后用铁锹将田埂拍平塑形（约宽30厘米，高15厘米）；

5. 继续完成一头一尾两条东西走向的短田埂，方法同上，最终形成四边高中间低的围合结构；

6. 用平耙一边将畦面剩余的小土块拍碎，一边将南侧的土耙向北侧（我们的菜畦南高北低），最终通过反复耙平，将土壤颗粒整得均匀细碎，使畦面各处基本水平。

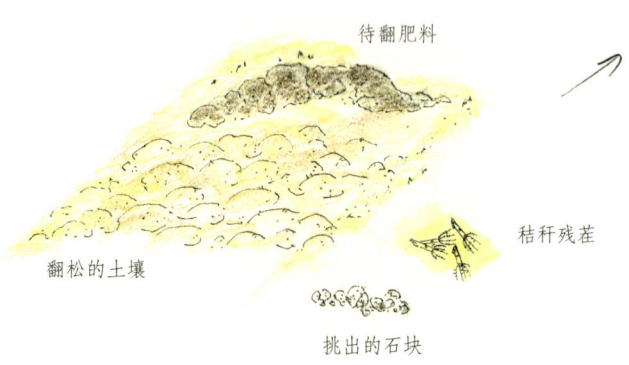

待翻肥料

秸秆残茬

翻松的土壤

挑出的石块

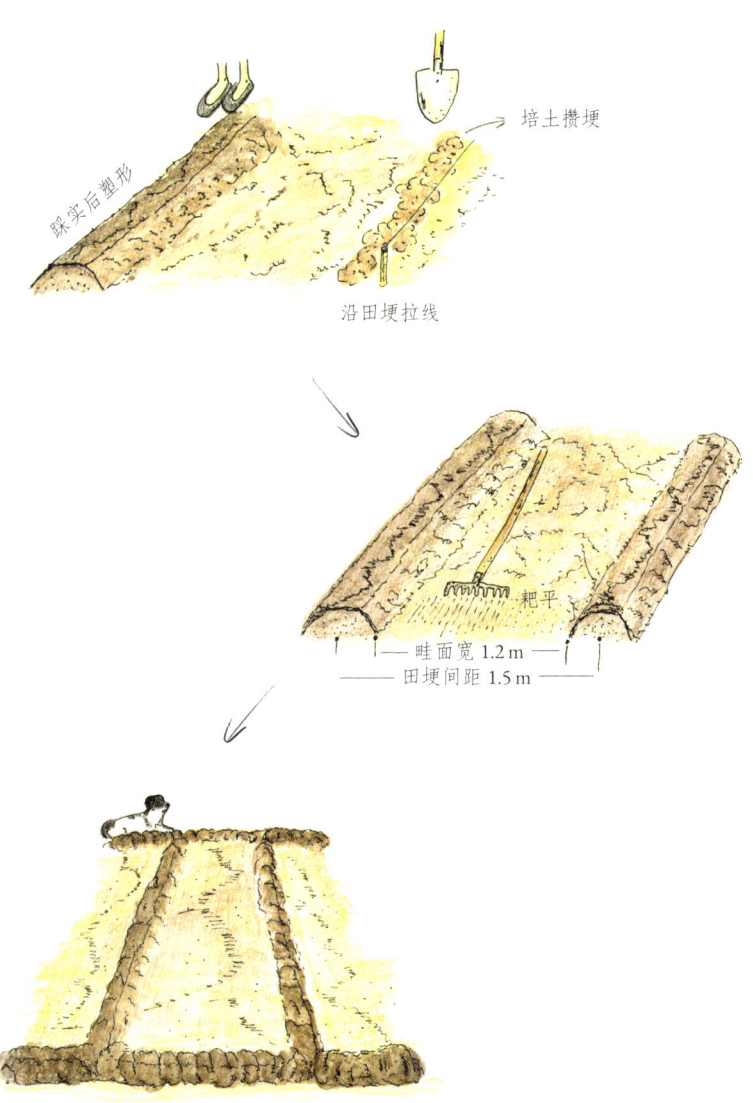

整地流程

淘种者说

因父母的工作，我小时候与爷爷奶奶在一起生活多年。奶奶是生活上的行家里手，负责操持全家的衣食住行，做饭的手艺超群，煎炒烹炸焖熘熬炖，变着花样，没她搞不定的。不过也许因为操心的事太多，奶奶对于人以外的一切活物都表现得毫无"爱心"，什么养花种菜，抱养个阿猫阿狗的，连门儿都没有。就连爸爸给添置的一缸观赏热带鱼，都巴不得它们早日归西，一锅给炸喽。因此，在家里我与自然世界的通路，基本就靠一日三餐。烧茄子、冬瓜汤、醋熘白菜、番茄炒蛋、青椒土豆片，还有每年农历腊月初八，从不缺席的腊八粥！什么绿豆、红豆、蚕豆、芸豆、薏米、紫米、黑米、花生米、莲子、松仁、瓜子仁……

这还不算，每年奶奶都在不断往粥里加新。我对腊八粥的青睐，不光是由于粮食香气和稠糊糊的烫嘴热，更有趣的是这一锅地地道道的"种子"大集会，每年只有在这一天才能边吃边赏。

买种子，哪里去？

比起多样的茎叶、果实和地下营养器官，餐桌上的植物种子还是单调了些。因此，选择去菜市场买种子并不合适，即便有粮食摊儿上那摩肩接踵的一袋袋，许多也经过了加工处理，没法再用来播种。真想买种子还得选专业的地方。

刚种菜那会儿，听了朋友建议，我直奔某农业院所的种子门市部。一进去屋子不大，一排贴着墙的展柜上，三四层挤挤插插全是种子袋。一位账房端坐窗口，摆弄着一把算盘，噼啪作响，另一位技术员打扮的大叔，披着藏蓝大袄，操着浓重的乡音，穿梭在密密匝匝的顾客间，解答着各式各样的种植问题，那状态就像一早刚从地里干活儿回来，披上大袄就开工。我在屋里来回溜达，逐格扫描，几乎是袋种子就拿起来看看。可能是瞅着我光看不买，形迹可疑，那位技术员师傅凑近几步询问我的需求，我说明了情况，拿出原创的种植计划表。他看看笑了笑："你还挺认真，不过有的菜可不是这会儿种的啊。"正赶上那会儿人不多，师傅一边领我挨着柜扫货，一边给我讲他推荐的原因。虽然当下我没办法完全理解,但至少对买种子要注意的事,反复聆听,知道了不少。我与师傅再三确认了自家菜园的面积,师傅是个厚道人,并没有看我啥啥不懂,便大肆兜售,以至于结账时,我都觉得筐里的种子袋怎么这么少。他说这些足够了。我还是没把握,便按刚才选的品种,匀着又拿了几包——实践证明,完全没有必要!

那两年,我先后去过这家门市部三四趟,不仅买到了不错的种子,也收获了不少经验。一般售卖的种子都有包装袋,买种子不能光靠运气,还得具备点儿"读袋"的能力。拿来一袋种子,先看看正面的图片和背面的品种描述,确认是自己想种的,再看看适宜栽培的时间和环境。比如读到"适于早春保护地栽培"这样的语句时,首先要明白,对于保护地(如温室大棚等人工设施)环境下的栽培农事历,咱们露地种植的小菜园自然不可生搬硬套。其次,还要确认清楚这儿写的早春和你家的早春到底是不是一种早春(贴心的厂家会在袋上标明,比如东北还是江浙地区)。有时种子袋上还会标有"包衣"的字样及所含药剂信息,这类种子经过特殊处理,表面被包裹了一层杀虫杀菌药物或营养剂,多呈现闪亮的鲜艳色彩,很容易和普通种子区分开。考虑到其对土壤生态的影响,我们不推荐此类种子,规范的有机农场也不会使用。最后别忘了关注生产日期和保质期,种子本身具有饱满的生命力,即便没有萌发,也有自己的寿命,在常温干燥的环境下,一般的蔬菜种子从1—2年(如大葱)到4—5年(如茄子)不等,购买之前

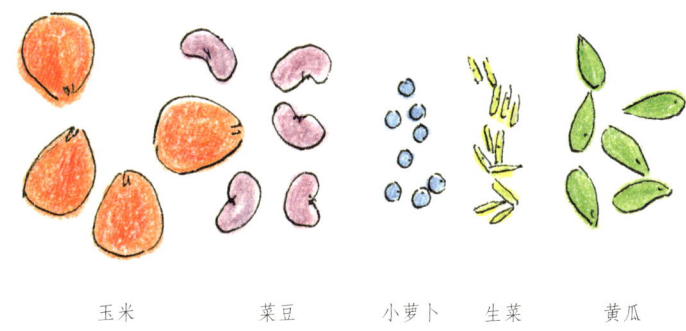

玉米　　　菜豆　　　小萝卜　生菜　　黄瓜

包衣种子

规划好,别让小种们等得太久啦。

除了上述这类集中采购,其间我也穿插着去过离家不远的花卉市场,不过毕竟经营重心不同,蔬菜种子在那儿终归是配角,摊位零零星星,价格也不算便宜,更适合偶尔补个货。后来到了山上生活,就改去了镇上的农资店,每次来个三样五样,随种随买,灵活方便。这家店年头不少了,做的是回头客生意,售卖的种子品类大都经过大叔大婶们多年实践检验,经济实惠,不掺假。但像一些小众品类的生菜、芝麻菜、羽衣甘蓝等,或是一些价格稍高的新品种,在这儿就不容易买到。

记得有一次,从店里出来,还差了两样心仪的,正赶上镇里每五天一开的大集,便去碰碰运气。集上卖种子的都是流动摊位,时间紧任务重,顾不得端庄,一大张塑料布往地上一铺,大大小小的种子袋层层叠叠,花插在一起,无章可循。抱着一丝侥幸,我在这大堆里来回扒拉,也不知老板是从哪东拼西凑来的,倒还真有些个不俗的品种,不大一会儿,竟让我翻到了一袋紫色的水果胡萝卜种子,才要两块钱。我又惊又喜,等回到家才发现种子的生产日期竟是半年以后(后来顺理成章地没种出来)……像这样以价格取胜的种子摊儿,在乡村并不鲜见,质量虽然参差,可卖的也并非都是假货,我在这样的摊儿上也买到过品质不错的大白菜种子。

和前面的奔波相比,网购种子似乎是个省时省力的好办法,价格透明,种类齐全,物流花点儿时间,倒也不耽误事情。但这好那好,仍有不如意的地方,陈年老种掺新的卖,种出品种货不对版,这些我也都经历过。区区几粒种子,经济损失虽不大,上当周期却很长。除非是熟识的店家,或购买一些农家自留种,不然我一般不选自行分装销售的种子,还是原种配原袋保险系数高些。前几年正值贝贝南瓜爆火,我也想试着种点儿,便网购了一包散装种子,20粒,到手一看,大小不均,干瘪暗沉,种到地里,最终只有两粒成功破土,被周围南瓜鄙视。不过精心呵护下,总算是结了瓜,个头模样都不差,可蒸熟一口咬下去,不但水汪汪,而且淡无味!可毕竟是劳动成果,就是味同嚼蜡,也只好硬着头皮,边吃边脑补广告上粉面沙甜的瓜瓤特写。秋后这一当,也让我了解到原来市场上贝贝南瓜的品种五花八门,培育水准良莠不齐,想要选到好种子,功课还得精进!

南瓜盲盒未完待续

在山下有一位大婶，我们因种地结缘，平日时常互赠农产，这些年下来早已成了忘年交。有一回，我和蚊滋滋去她地里串门，大婶神神秘秘地把我俩领到南瓜地的一角，小声说道："你俩听说过贝贝南瓜吗？"

"知道知道，个儿不大，扁圆的，我还种过呢，就甭提了。"

"对对，就那种，又面又甜，我就没吃过那么好吃的南瓜！"

"听说还有点儿糖炒栗子味儿？"

"可不是，上个月人家送我俩这种瓜，吃完了到现在我都惦记着这口儿。"大婶边说边从兜里掏出一把小瓜籽。

"您这是？"

"这是我从那俩瓜里抠出来的种子，给你们几个，拿回去种去，给搭个架子长得好。"

"哈哈，婶，您要是爱吃，我还是正经给您买点儿贝贝南瓜吧，咱别种这个了。"

"咋呢？"

"贝贝南瓜是杂交品种，留不了种。"

"哦……是不是电视里说的转基因？"

"不是不是，婶，就是这种种子吧，它种一回行，您再留种后面就不定种出啥样的瓜了。"

"是吗？我咋觉得行呢。它还能长出个冬瓜来？"

我俩见婶一时没转过弯来,便先收下了种子,回去学着她也在菜园里边边角角的地方撒下,并约定收获季节见分晓。

一个夏天过去了,大婶给的种子在我们的菜园里开枝散叶,没多久,架上便陆续挂起了一个个青灰色的扁球瓜,模样与贝贝南瓜有些差距,吃起来倒是沙沙甜甜,有些相似。我查到这瓜很像一个叫"银栗"的品种,跟贝贝瓜一样,也是个杂交品种。就因为这几个瓜,入冬前我俩都没好意思再往婶那跑,还不知道她那些啥情况,怕提起来这档子事,老人家郁闷。直到次年春节拜年时,她在电话里主动说起此事:

"给你俩的南瓜籽种得咋样啊?我地里收了好些啊,吃都吃不过来!"

"收的啥?还是贝贝南瓜吗?"

"可不是嘛,跟去年那种一模一样。不过也有几个小了点儿,更扁,还有的皮色深,但多数又甜又面,不影响吃,这两天过节孩子们都疯抢呢!"

"看来我这大半年是多虑了。等会儿,那我们这儿怎么一个贝贝瓜都没……"

"今年呀,我想再留点儿籽,明年还给你俩种啊!没事,种出啥咱吃啥!对了,你刚才说的啥?"

"没啥没啥……祝您春节快乐!"

撂下电话后,我倒郁闷了。婶怎么还要留种?杂种优势、性状分离、自交衰退,这些以前学过的生物学概念在我脑海里迅速闪现。记得每年在买种子时，但凡注明是"杂交种"或"F1"字样的包装袋上，都会附加一句提醒："本品种不可再留种栽培。"说的就是这杂交品种自留种，优良特性会随着代际的增加被不断削弱，换言之，就是产量和品质一年不如一年。婶明年要是还继续留种，种出来的瓜可就更没准儿喽！我要怎么才能跟她说明白呢？转念一想，一小把送上门来的南瓜种子，让老两口这一年到头随性耕种，自在收获，啃了瓜肉，嗑了瓜子，再留点儿继续"干正事"，洗净、晒干、保存好，企盼着来年继续"种瓜得瓜"。正所谓他大舅他二舅都是他舅，长南瓜扁南瓜都是南瓜，婶其实比我心大，说得是嘛，种啥吃啥！

就这样，知识理性又一轮败给了单纯豁达，我们决定要和婶一起，把这个不理性的"留种试验"继续进行下去。在一片菜园里，留出一点儿空间，暂时忘却大农业背景下的品质和产量，就这么一年一年地"错"下去，看看究竟一口温润的香甜软糯背后，到底能串起这瓜怎样的前世今生？身为吃瓜群众，能在自家的菜园里追随孟德尔（遗传学之父）老爷子的脚步，去打开杂交种子背后的盲盒，不亏不亏。

当然，如果觉得这种拆盲盒的做法太过天真，在小菜园里多种些特色鲜明的地方品种（老种子、常规种），也是不错的选择。随着种地经验的日积月累，我们越发惊叹于生命天然的丰富多样。即便是一穗玉米、一个马铃薯或是一颗番茄，在与我们协同发展的进程中，都曾出现过千

贝贝南瓜本瓜

被大婶称作贝贝南瓜的银栗南瓜

姿百态的品种,就像茫茫人海中的高矮胖瘦、生性各异,那些特别的形态与颜色、气味与味道,甚至是独特的口感,又或是顽强的生存力,曾因一时一地的偶然而被凸显并保留下来,但它们的存在又似乎并非简单的偶然。恰恰是那多样化的存在,让身居不同地域环境和气候条件的祖先们寻觅到了避过饥饿和灾年的可能。也许现世的食物体系对于产量的极致追求已经让它们黯淡无光,但如果能让我们的小菜园成为展示这些多样化特性的保留地,我想那意义绝非只是好看而已。

对了,还有一件事情忘了说。为什么同样的种子,我和婶种出来的却是截然不同的两种瓜？挂了电话我一直想不明白。两周后，我忍不住登门拜访，点名求见婶的贝贝瓜。她乐呵呵地从杂物间提溜出来一个，跟我种出来的"银栗"竟然一模一样。

"您地里种出来的都是这模样的瓜？"

"是啊。"

"那去年人家送您那俩呢？"

"都是这种啊，送我瓜那人告诉我，这就叫贝贝南瓜。"

"哈哈哈，原来是这么回事……那听您的，明年咱就还接着种您的'贝贝南瓜'！"

TIPS

为什么说杂交种自留是开盲盒？

种子袋上"种子类别"一栏常出现如下两类种子。

常规种：经过人工选育的传统种子，性状具有遗传稳定性，可自留种。

杂交种：由不同亲本杂交获得的种子，集合了双方的优良特性，但该性状不具有遗传稳定性，故不建议自行留种种植。

以玉米杂交种为例：

亲代 在杂交育种时，一般会选择有优良特性的植株作为亲本。比如右图中，左侧的植株虽然矮小，但根系发达，不易倒伏；而右侧的植株虽然根系弱，但植株高，果穗大，产量高。	植株矮　　　　　　　植株高 　　　　杂交 果穗小　　　　　　　果穗大 　　　　　 根发达　　　　　　　根系弱 
杂交子一代 上面的两个亲本植株杂交后，产生的第一代杂交种子，一般会获得亲本的各项优良特性。如右图所示，杂交子一代不仅植株高大、果穗大，同时根系还发达，抗倒伏。杂交子一代种子因为性状优良，也是种子市场中的主力产品。	植株高　　　　　　　自交 果穗大 根发达  
子二代 如果杂交子一代继续作为亲本植株自交繁殖，产生的子二代种子就会出现性状分离的情况，种出的植株不再能稳定地保持杂交优势。如果持续自交留种，这种情况会随着代际的增多而越发严重，因此，在农业生产中，一般杂交种子不推荐继续留种。	 杂交子一代自交，后代会出现明显的性状分离，往往会种出参差不齐的植株。

30

种子，作为礼物

一直以为，种子是作物给农夫备下的一份礼物。为了保护好它，作物会选择具有一定硬度和韧性的材料把种子包裹起来。有时，这些包装会是一种很复合的结构，让人无法轻易地分辨出它的层次来。当然，在接过礼物时，我们不必对这些包装表现得过于沉迷，那样也许会让其中的主角感到被轻慢。这份礼物的实质，来自作物先天拥有的魔法，它能捕捉到太阳光中的有效粒子，在一部分空气和水的参与之下，成就点石成金的神话。每一粒种子，无论什么模样，在我们看来，都散发着金灿灿的光。

准备种子是农夫接过礼物的仪式。山上每年种下的花生都是上一年自留的老种。为了减少损伤，我们通常在播种前才会给花生剥壳。可当几十斤的花生堆在眼前，工具人的使命必达只会让人剥得身心疲惫，指纹磨平。当然，村里的婶子大娘对付这样的活计早有妙招，隔三岔五结队在场院围坐，在家长里短的嬉闹声中，一粒粒花生米很快被分拣进不同的笸箩里。大而饱满的做种，小的留着油炸下酒，花生壳还能填进灶火。这样的过程不紧不慢，循序渐进，透着农夫接过种子的从容。

备好种子，借着回暖的湿润翻松土壤、修培田地，早春播种紧随其后。出九之前（3月上旬），我们最早种上的是蒜头，而马铃薯则要等到月底播下。这两种作物使用的"种子"不同一般，是基于无性繁殖的、带有鲜活芽体与营养组织的鳞茎和块茎，说白了，就是长了芽的蒜瓣和土豆，皮实好活，对水土要求不高。

接着便轮到天性喜冷的十字花科蔬菜，最家常的有油菜、小白菜和小萝卜。它们的种子外形极相似，由深浅不一的褐色外皮包裹成一粒粒圆球状，比小米大不了多少。播种后两三天就能见到它们撑起两瓣心形子叶，正在顶开泥土的可爱样子。一同撒下的茴香籽倒是稳健，十天半个月才露头也不新鲜，此时切莫心急翻种其他，辜负了种子的心意。

从清明往后陆续播下的还有花花绿绿的各色生菜、茼蒿、苦苣等，不同于油菜，它们细长轻薄的"种子"与茴香类似，其实都是植物的果实。反倒是膀大腰圆的各种豆子，才是名副其实的真种子，比如谷雨下种的扁豆、豇豆、四季豆等，它们几位也算是春播的终章了！我们生活的浅山区，即使到了谷雨之后，驱之不散的寒意还是会不时滋扰。靠着精巧的包裹，种子在刚下地时，比柔嫩的秧苗更容易在倒春寒的碾压下逃过一劫。怀着期待播下的种子如期破土，才是农夫拆开这份礼物的欣喜时刻。

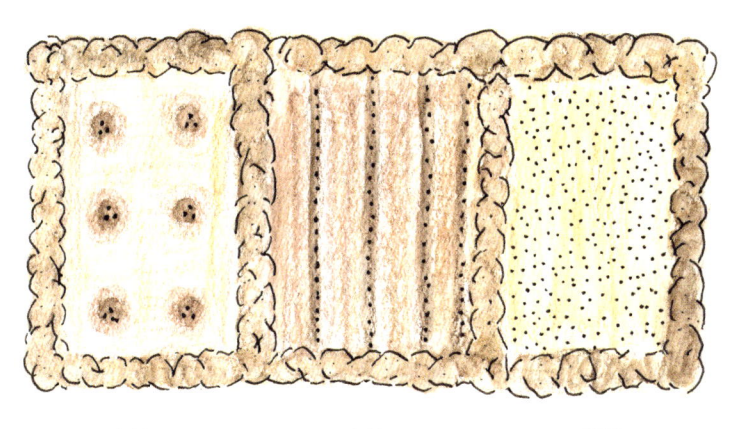

穴播
种子大，生长期长，植株占地较大的蔬菜，如架豆、玉米、南瓜。

条播
种子小，个体大，生长期较长，栽培密度偏低的蔬菜，便于间苗，如萝卜、大白菜。

撒播
种子小，个体小，生长期短，适合密植的叶菜类，如菠菜、茴香等，还适合育苗床播种。

常见播种方式

不过，很多时候种子的萌发并没有我们预想的那样顺遂，好农夫不能只凭运气。每一种蔬菜都有着独特的天性，它们会在结出种子时，也塞上一枚闹钟。闹钟的发条靠外界的变化驱动运转，温度、水分、空气和光的波动随时向

33

它传递信号，只有对上了暗语，闹钟才会启动，把沉睡的种子唤醒。喜欢在夏季生长的苋菜和空心菜，如在3月播下，无论如何精心浇灌也只是徒劳，正是这个原因。根据多年的地方实践掌握的播种时机，有时甚至比书本资料更可靠。此外，为了让萌发高效整齐，有些"包装"特别结实的种子，会提前碾压揉搓（如香菜）或用水浸泡（如苦瓜），还有的在特殊时期需要经历冰冷的淬炼来打破休眠（如芹菜）。

顺利播下的种子，还要应对田里想来分一杯羹的小算计。种子萌发时的鲜嫩既令土壤昆虫垂涎，也容易招来致病性微生物大举侵袭。甚至一些像玉米、花生这样大粒的，还会被鸟盯上。山上刚播种好的花生地，人一走，喜鹊便拖家带口占了地盘，每日顺着花生垄来回溜达。种子破土前的那段时间，种植穴上覆好的土常被它们啄出小坑。常规偷吃也就算了，有时就连刚要露头的幼苗也愣是被啄去了子叶，最终功亏一篑。于是，除了多播两粒，留出被偷的份额外，我们还会用作物秸秆来覆盖种植穴，这样一来增加了喜鹊偷吃的难度，还能在播种后为土壤保湿，促进种子萌发。不过，幼苗一出土，就要立刻掀开，不然它们又会因缺乏光照而变得苍白无力。

每一粒种子都是一株植物对农夫的赠予。感谢种子曾给予自己照料，并将生命延续的机会交到我们手上，这是何等的信任。因此，我们也必须负起责任，为种子的萌发铺设温床。收成是目的，也是自然而然的结果。刚开始学着播种时，我们总是满怀期待又惴惴不安，生怕一步错步步错。直到有一天，完整目睹了一位种菜老师傅播种的过程，我们才意识到，只有顺应种子的逻辑，为萌发创造最适条件，拆开礼物才能得心应手。

  腐熟的农家肥料性质温和，早早地被翻入菜园中与土壤混合，既补充养料，也不至于对种子的萌发太过刺激。老师傅在翻地的同时，还会仔细地挑拣石子，破碎厚重的黏土块，为种子萌发消除阻碍。这让我们回想起自己的经历，一次播种后，发现菜畦里出现些细小裂缝，之后就常常去查看，好像在期盼新生儿。然而，过了好多天仍然没有动静，实在按捺不住便沿着缝隙用手指试探着撬开一点儿，只见刚萌发的种子簇拥在一起，似乎正用尽全力，而那些黏重的结块却让努力成了无用功。此刻，在老师傅精细筛选之下，菜畦里的土已变得疏松细致，但这时还不能松懈。尽管我们山上的叶菜地都只有一米见方，想要彻底整平却也不容易。菜畦不平，即便播撒均匀，细小的种子在浇水时还是容易被水流带走；即便覆土还算可靠，留在原地的种子，日后也会因为水汽分布的差异，长得参差不齐。再看看老师傅，先用铁锹在手和眼的比量下整出畦埂，然后缓缓地给菜畦灌满水，抄起一把自制的T形铁器轻轻划动畦面，随着水的下渗，逐渐将其整平。此时旁观的我们才突然觉悟，原来师傅这是在用水之矛来攻其盾呀！"水平"二字，真是被他参悟得透透的。再看他，不慌不忙，转向下一块地继续操作，不一会儿工夫，第一块菜畦里已没了积水，老师傅便回转过来，将提前备好的细小种子倒进一个容器，用手指轻取，在微微的抖动间，这些小种子便在菜畦里呈现出了近乎完美的分布。这片刻的动作，像极了一幅充满禅意的空镜，农夫的创作虽无纸笔，却有着与大师们无二的物我两忘。撒种完毕，最后的收式便是一捧细细的黄土，同样均匀地落下，封住菜畦里的水汽，更是为即将降临的新生盖上的一床薄被。

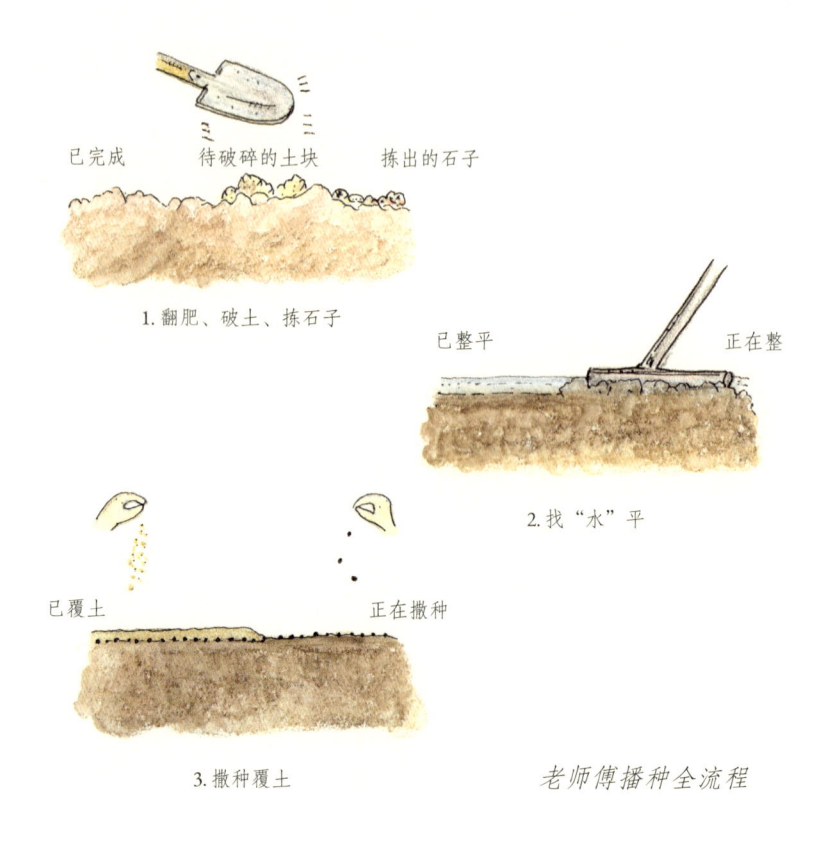

已完成　　　待破碎的土块　　　拣出的石子

1. 翻肥、破土、拣石子

已整平　　　　　　　　　　正在整

2. 找"水"平

已覆土　　　　　　　正在撒种

3. 撒种覆土　　　　　　老师傅播种全流程

至此，作为礼物，种子让作物与农夫结盟的使命显露无遗，几千年来，它让生长与兴旺成了双方共同努力的方向。然而时间久了，再稳定的关系也会褪色。接过礼物，打开包装，如果农夫把从作物那儿得到收成认为是理所应当，也许这段关系的走向会不堪设想。作物通过礼物投来信任，对新生充满期待，而农夫接下的其实是提供照护的责任，既是利己也是利他。

---- TIPS ----

什么是间苗？

间苗，也就是拔除弱小苗。为避免种子不发或幼苗夭折带来的土地空置，一般会选择先加大播种量，再随着苗的生长和密度分批次"去弱留强"，保证最终产量。

种菜也可以从好苗子开始

清早起身去地里晃晃，昨天还面沉似水的樱桃萝卜地里，已泛出点点青绿，便知道自己错过了种子们集体破土的大场面。幸好还有几颗性子慢的，头顶上的土才刚被拱出一道小缝。我抱来一袋花生，放在地头，一边剥着壳，时不时地往地里瞄瞄，期待那破土的一刻。

的确，从种子开启的种植旅程令人着迷，但作为种地新手，我们也没少因为直接播种交学费。精心采购的蔬菜种子一大堆，但是播到地里就石沉大海的也不在少数。好不容易一些地块里有了动静，但看着同时播下的一片种子萌发出高矮胖瘦的阵形，老母亲般的热切期望再次遭到暴击。我们赶紧看着书本照猫画虎地学着间苗，结果还是在一片老眼昏花和腰酸腿麻之后发现，赖的苗不见了，好苗子也没剩多少！

一来二去，我们最终向现实妥协，除了继续播种一些天性皮实好活的蔬菜外，也开始栽种别人已经培育好的菜苗，先积累些种菜的起步经验再说。菜苗，在这里是指可用来移栽的蔬菜幼苗。不同于直接播种，菜苗在栽入自家菜园之前，已是发芽完毕并且生长了一段时间的"娃娃"菜，它们是为了方便种植而专门培育的。

离我们农舍不远，住着一位酷爱种菜的大叔。记得在山上的第一个春天，我俩正在地头聊着要不要自己先培育一些菜苗的时候，眼见老人家满面春风地端着个泡沫箱子下了地。点头问好后，了解到这是他春节前后在自家楼房里培育的菜苗，番茄、茄子、辣椒、黄瓜一应俱全，虽大大小小，不怎么匀溜，不过到日子了，也该下地了。攀谈几句下来，大叔也看出来了，对于育苗这事，我俩是理论上糊涂，实践中不明白，遂好心提醒："今年到这会儿现育苗可来不及啦，你俩还是赶紧上大集瞅瞅，买点儿苗回来栽吧。"

挑苗，高大不一定威猛

没过两天，便是赶集的日子。小镇上的集市都有各自规律的时间，不仅是本地商品和信息的集散地，更吸引着不少城里人坐长途车，专程来逛。穿过稠密的人车交织，我被商贩的叫卖和更胜一筹的大喇叭声张罗进院，一路上服装布匹、农资农具、二手旧货、花菜果木，甚至满载着活禽大牲口的一应摊位都有着明确的分区。我直奔主题，很快便找到贩卖菜苗的几个摊位，这里整齐码放着育苗钵和育苗盘，里面啥苗都有。卖主不断应付着顾客的各种"刁难"，毕竟买家多是庄稼人，这可是他们的专业。砍价的、聊天的、交钱的、挑刺儿的……围拢的人一拨接一拨，不一小会儿，苗就下去不少。我看有个摊儿上没什么人，便赶紧凑上去，正好有个婶子也在摊位上挑拣，话里话外带着对这些菜苗的嫌弃。我起初还不太理解，以为她嫌贵想砍价，后来才明白她是真心觉得不好。可跟周围比起来，这些苗个头最高，叶片也没啥虫眼，怎么倒给了差评？细听之下，才知道问题的关键就出在高度上。这些菜苗的节（茎上着生叶的部位）和节之间（节间：相邻的节之间的部位）的距离过长，长出了极限拉伸的"水蛇腰"。这些瘦高挑儿的苗并不健壮，过快的生长让它们的茎秆纤细，叶色也绿得惨淡，当地菜农管这样的苗叫"蹿高苗"，说是在育苗期间管理得不好，才会长成这样，买回去栽地里也是白瞎，长不好，没产量。

转了一大圈下来才渐渐摸到些门道。集上卖的苗，有些是公司专业育的，也有些是个人育的，他们把好的先栽自家地里，剩下的才来集上卖，还有不少是从别处倒腾来的二手尾货，质量飘忽。幸亏遇见明白人帮我避坑，要不然花了钱，栽地里，一年堵心。学会鉴别菜苗的优劣，太重要了!可今年的苗还没着落呀,好在回来后邻居向我们推荐了邻村的一对老夫妇,说他们人很好,自己育苗多年,附近村里好多人都去找他们买菜苗,最起码不忽悠人!

既然买苗套路深,那就不如找"熟人"。初来乍到的年轻人,如果还没有足够的经验,在仍保有熟人社会根基的农村生活里,相信用脚投票的口碑,也算是一条捷径。

弱苗
茎细弱,甚至有弯曲,节间距离长,叶片色淡,光泽差

壮苗
茎直立粗壮,节间短,叶片鲜绿,富弹性

田间地头的工厂店

转天上午,我们来到隔壁村子,在村民热心的指引下,顺着大路来到一片已经返青的麦田。路边耸立着几棵高大的杨树,树下堆着还没完全散开的粪肥。停靠在一旁的农用三轮车,通体深蓝,款式老旧,车身上随处可见的斑驳,

展示着它和主人一起风里来雨里去的岁月。顺着车头的指向，一条窄长的土路笔直向前，远处是一片小拱棚。沿路走过，能看见粗壮的圆白菜和菜花苗，在贴近地面的位置舒展出大片的叶子。马铃薯的嫩叶带着一点儿毛茸茸，在宽厚的田垄上膨出一丛丛鲜绿。旁边平整的菜畦里，初生不久的葱苗排布均匀，看到的人都会赞叹主人撒种育苗的手艺。离得近了，才看出拱棚一共有五六排，沿东西走向每排的长度得有二三十米，而宽度也就两米左右，高度甚至都到不了我的肩膀。这就是育苗的地方吗？我看四下无人便喊了一嗓子，这时前排的棚里有人搭话："是买苗的吗？"我说明了来意，不一会儿，棚膜撩开一个口子，一对老夫妇慢慢悠悠地从里面挪了出来。他们便是李大叔和孙婶，一脸的红光，一身的土，那年他俩就有六十多岁了。

　　看了我们长长的购苗清单，他俩从容地分头行动，在不同的育苗棚一通钻进钻出。我俩则拿着装苗的箱子，蹲在棚外协助补位。降低了视线，这下倒是看得更清楚啦，原来棚的内部是靠柔韧的竹片交叠着插进地里，撑出拱形结构；粗铁丝在棚顶和棚脚两侧将分散的竹片连成一体，每隔一段再支上根木柱子，稳固结构。竹拱上依次铺上透光的塑料膜和由稻草打捆编织成的草帘子，下面则是归置好的小片育苗床，不同的菜苗分区管理。地里的菜苗长势喜人，每年许多邻里街坊都提着篮子纸箱，直接来他们地里买，有些常年来的，都成了好朋友。

手工搭建的拱棚内外

  我们也终于把全部菜苗按种类装好箱,大大小小,放置在了阴凉处。这儿的菜苗与大集上不同,没有育苗容器的保护,都是从地里现挖出来的,根上的土坨搁手里一攥,便是一棵。我们还是头一次见到这么原生态的造型,心里没底,便又跑去地头取经。孙婶告诉我们,这种现挖的苗,根多少会有些损伤。运输途中要尽量保持土坨完整,这样保护根也能留住水汽,要不然成活率低。栽苗时要避开中午的大太阳和大风天儿。苗刚栽下地时,根吸水费劲,蒸发量要是太大,苗就完了。最好选在傍晚栽苗,实在来不及一早也行,这样能让菜苗在下地后有个缓冲的时间。如果苗多一次栽不完,一定要挑凉快避光的地方存放,一两

43

天内也要陆续下地。要是种完了苗富余，可以在地边挖个坑密密栽上，浇透水保存一段时间，万一上波苗有个死伤，还能马上替补。

孙婶一边答疑解惑，手里的活儿也一直没停。我突然觉得哪儿不太对："不是刚说大中午的不栽苗吗？这都马上十一点了，您这菜花苗，怎么还赶这会儿栽啊？"

"你瞅瞅，今儿个是阴天！没太阳又凉快，干农活儿，你得活学活用啊！"

TIPS

育苗和播种，从哪个开始？

	优势	适合蔬菜类型
直接播种	◎ 操作简便，省人工 ◎ 设施条件要求低 ◎ 无需移栽，不用缓苗	◎ 个体小，生长期短，适合密植的种类，如樱桃萝卜、小白菜、芝麻菜等 ◎ 不耐受移栽的豆类和根菜类，如豇豆、胡萝卜、红菜头等
育苗移栽	◎ 集中育苗所需空间小，不占大田，提高土地利用率 ◎ 借助温室提前育苗，可延长蔬菜生长期 ◎ 环境可控，易实现精细管理，幼苗大小均匀，成活率高	个体大，生长周期长，株行距较大的花菜类、果菜类、叶菜类，如西蓝花、茄子、圆白菜等

向农夫和番茄学育苗

一回生二回熟,从那次之后,我们每年春天都会从李大叔和孙婶那购买菜苗。老两口每天一起下地,一同回家,虽说活儿是一块干,但也大致有个分工,布粪、整地、灌水,这些田里的大活儿由李大叔负责,身形娇小的孙婶则主攻播种、栽苗、薅草的棚内日常。五六亩地种着十来种作物,算上翻茬,再加上每年育苗的工作量,还得匀出时间卖苗卖菜……项目繁多还净是纯手工劳动,别说是老两口,连我俩听了也是头大脚软。

每次去地里,我们都会顺手帮些小忙,也省省他们的力气。开春时节以育苗的活儿最多,接触多了才感受到这是一份操心费力又神经紧绷的差事。工项杂,周期长,风险大,还拴人。只要不下雨,每天太阳一出便要下地,掀开盖在棚膜上的草帘子,让阳光为拱棚加温,供菜苗生长。天黑前再把草帘子放下来,为菜苗保温,度过寒夜。在这之间,老两口刨去吃个午饭,一直都在地里,工作安排得一点儿缝都没有。赶上极端天气,夜里睡觉都不踏实,抽不冷子还去地里转转,生怕白天哪一步没做到位,出了意外,白白辛苦。我俩早先也设想过自己在山上育苗,可限于冬季取暖条件,加上山林防火的要求,长期居住并不现实。如今看来,没有每日规律的照管,自己育苗根本无从谈起。

直到有一年,我费尽心力,四处搜集来十几样番茄的老种子,想在山上试种。我询问了李大叔,他同意用他们的棚来帮着育苗,毕竟种子也不多,但活儿得我自己干,学徒的日子就这么开始了。他敦促我尽快把番茄种子拿来,再不播就晚了。我这才知道,早春时节,由于室外气温低,即便有了暖棚的加持,种子的发芽和生长速度仍旧很慢。4月底才定植到室外的番茄苗,从播种到长到适合移栽的大小,竟需要两个多月的时间。这么一倒推,怪不得眼下2月中旬就得播种。大叔说这还不是最早的,喜冷的圆白菜上个月就已经下种。育苗的工作竟然这么早就开始了!另外,为了让撑起结构的竹片能够插进土里,大叔地里的拱棚早在去年11月,趁着土地上冻前便搭建完成。不过受限于材料和尺寸,小拱棚的保温效果比不了标准的日光温室,为了提高早春棚内的地温,他早在播种前的半个月就每天上地里起落草帘。阳光带来的热量,不断温润着育苗床,为日后种子的发芽做足准备。

选了个晴朗的好天儿,我根据大叔的示范在棚内开出疏松平整的育苗床,浇上足量的底水。等水慢慢渗入深棕色的土壤,番茄种子被均匀撒下,覆上薄薄一层潮土,再盖上薄膜,保持温湿度。半个月左右,种子开始破土,这时薄膜必须马上揭开,否则在这种湿热环境下,幼苗会快速蹿高,变得纤细柔弱,成活率大大降低。在植物生长中这种蹿高的现象也被称作"徒长",正如我之前在大集上遭遇的"水蛇腰",即便是艰难存活,也会被买苗的人嫌弃。大叔可绝不允许这种情况发生,临近发芽那两天他都会频繁查看。然而风险可不只存在于发芽阶段,幼苗在生长中一旦出现持续的光照不足,或是高温高湿的情况,徒长的齿轮便会再次转动。

既让苗长,又不徒长的迷局,究竟怎么破?首先,无论晴天阴天,只要雨雪不大,都要及时起落草帘,让苗见光。其次,暖棚作为一种人工控制环境,温湿度自然会高些。大叔给出的办法是控水加通风。控水并不是不浇水,但在漫长的苗期,大叔只浇三次水,分别在播种、秧苗和囤苗时。他说番茄苗皮实,必需的水给够了就行,它合适,自己也省事。浇得太勤,苗就被"灌"坏了。通风,则是他从清冷的2月起便会使用的另一妙招,通过开棚放风,加速空气流动,降低棚内温湿度。可是一边降温,一边还要注意给菜苗防寒保暖,岂不矛盾?在育苗的过程中,农夫就是在这样进退两难的境遇里，学会与菜苗相互磨合。

在大叔的精心照料下，番茄的小苗长势良好。到了3月中旬，他叫我去地里"秧苗"。后来我才明白，"秧"在这里是个动词，秧苗指的是等到苗床里密密生长的番茄小苗长出两三片真叶时，从地里连根拔起，按照均匀的间距重新栽一遍。我理解这该是为了给每棵苗足够的生存空间，避免日后互挡阳光扎堆徒长。但这么小的苗连根拔起，真的不会受伤吗？

"就是故意让根受点儿伤！"大叔一句话说到了重点，"这样才能发新根，等栽的时候你就瞅出来了，这秧过的苗比没秧过的可壮实多了。"因为头天洇了水，小苗被轻松移出，送到了棚外新开的育苗床。划沟、摆苗、浇水、覆土，栽出几行后，还要跟着在苗床两侧插入竹片，搭建出齐腰高的拱棚骨架，上面苫上棉被遮阴，防止刚落脚的小苗水分散失太快。番茄苗到底还是禁折腾，刚栽下时蔫头耷脑，有的干脆趴在地上，才一晚过去便能缓醒过来。第二天撤去遮挡，直面天光，又是一地好汉。看到这一幕，我突然觉得，菜苗其实并没有看起来那么脆弱，与其不得章法地百般呵护，不如多花点儿时间去观察，给它们最需要的。

随着天气转暖，叶片数量增加，番茄苗越长越快。这段时间除了继续控水，大叔还会不断增加通风的时长和频率。尤其在夜里，为了调控棚内温度，拱棚的开口也是越拉越大，以至于到了后期，只要夜里没有特殊低温，干脆

秧苗大婶和卷帘大叔

撒去薄膜,让苗露天过夜。这个"炼苗"的过程,不但能避免徒长,还能循序渐进,让幼苗适应露地的气候环境,提高日后移栽的成活率。

炼苗的尽头是囤苗,这也是定植前的最后一剂猛药。这时的番茄苗已长到适合移栽的大小,头天刚浇过水,第二天大叔指导我用移苗铲将地里的苗挖出,连根带土握住往铲子面上一按,再一抹,便攥出了一棵棵紧实的土坨苗。将它们紧贴着码放在苗床,之间的空隙用潮土一盖,就算完事。这活儿听着简单,当时我可是溜溜干了一整天。大叔说这样做是为了控制长势,让苗少长个儿,多长根,定植时利于缓苗。另外,囤苗的时间不宜太长,不然等新根钻出土坨,扎进地里,番茄苗便又会大肆生长。可要是疏于管理,土坨太干,又容易形成发育慢、活力差、产量低的小僵苗，未老先衰。育苗犹如走钢索，保持平衡很重要。水量不能太多不能太少，光照不能太弱不能太强，温度不能太低不能太高，农夫的管理不能太紧不能太松。

转眼已到4月下旬，番茄苗再过两天就要定植啦。这天傍晚天气暖和，一瞧手机里的天气预报并无异样，大叔便如常给囤苗棚盖上一层薄膜，四周压上重物，留出风口，保证棚内合适的夜温。可等一入夜，老天却变了脸，接连送出大风霜冻双重大礼包。第二天一早再去，覆盖的薄膜被整张掀开，一棚的番茄苗枝头焦黄，叶片萎蔫低垂，一看就是受了冻害。说来也巧，如果单是刮风，就算膜被吹开，只要温度不骤降，并无大碍；要是晚霜来袭，风平浪静，靠着薄膜的保温，番茄苗大抵也能扛得过去。这前半夜大风，后半夜霜冻，彻底给大叔来了个烧鸡大窝脖儿。

"大意了。"大叔检讨着自己的疏忽。

"这下够呛了吧？咱这些苗估计全不行了吧？"虽没有责备，但焦急的语气也显露出我的担忧，这段时间的努力估计要白费。

"这苗死不了，霜打了也没事，还能再酿芽。番茄这东西不娇气，咱这苗根系旺，根没事就能活。"

后来，大叔帮我挑了些壮苗移栽到山上，没过多久还真长出了新芽。虽然霜害推迟了这批番茄的挂果时间，但我的收获反而更多。分生旺盛、深入土壤、吸水力强的根系决定着幼苗的生存力。育苗既是农夫对作物幼体的精心呵护，更是创造逆境，淬炼根基的重要过程。俗话说："要想小儿安,就得饥和寒。"如果我们在小时候能被如此"育苗",或许就会少遭遇些人生的"水蛇腰"。感谢农夫和番茄教给我的这一切。

种一辈子地

有了学习育苗的交情，我们和李叔孙婶的关系更加亲近，了解越深，越是发现老夫妇对种地的酷爱。也许有人会觉得用"酷爱"太夸张，但看到两位年逾古稀的老人在低矮的育苗棚里进进出出，手里有活儿，眼里有光，我们真心觉得那就是爱，热烈的爱。他们平日总爱把一句话挂在嘴边："种了一辈子地，到现在也没腻。"

不爱被叫老板

空闲的时候，我和长角羚都会去大叔大婶地里逛逛，坐在杨树林底下和他们聊上一袋烟的工夫，能听到不少趣事。别看他俩目前只种着五六亩菜地,但在壮年时,也曾是雇了十几个小工,包着百十亩地,家里有大骡子大马的"老板"。过去叫农业生产带头人,现在应该算是经营家庭农场的典型先进。但在言谈话语中,大婶明确表示不爱听别人叫她"老板"。

"怎么就是老板了?那会儿你大叔跟车往城里卖菜,我负责给十几个人做饭,地里的活儿我们也一样儿地干。"

"你大妈能干着呢!别看她个儿小,种西瓜那会儿,地里浇水的管子都是她自己拾掇。她负责往出扛,我负责装车拉走,天黑了也得干。"

听到此处,想起之前在挪威时一本正经地去参观王宫,朋友跟我说:"过去,挪威国王也是农民,只不过他是最大的农民。"当时还以为她在开玩笑,后来才了解到,挪威国王之于民众一直是普通的存在,用"亲民"来形容可能都觉得不恰当。即便在发现丰沛的石油资源后,挪威国王也没把巨额财富收入自己囊中,茫茫人海里,依旧如同你我。有时想想,财富对于人群中的领袖,也许是最容易被别人贴上的标签,而自己却并不一定稀罕。

种地人心缝儿要宽,也要耿直

和大叔大婶聊多了,还会被他们的豁达和乐观感染。当回忆到带着大伙儿种西瓜的光景时,大婶会不由自主地念叨起地头那条已经干枯的小河沟。

"那时候河沟里就有水,捧起来就能喝。夏日里忙一天,到河沟里用凉水冲冲脚丫子,又解乏又高兴!一天不知道啥叫累,干着费劲了,就往地头一坐,瞅见秧子长了、瓜长了,我就特开心!"一边说,婶子的嘴角微微翘起,显出孩子般的天真,"种地也难着呢!你们也知道,上回大意了,犯懒了,棚膜没压牢稳,让大风给掀了,咱的菜苗全让霜打了。急也没辙,人的心缝儿得宽,眼得向前看!帮受伤的苗缓缓,缓不过来就赶紧抢着育新的,来不及就算,能咋着?"

"老天爷的事咱管不了。"大叔也附和着,"可人要有毛病我也不惯着!有一回在集上卖菜苗,一老头儿非跟我杠,说我的菜椒贵。我说这育苗的活儿费工夫,而且我买的是七十块一袋的好籽儿。他非说我蒙人。正好卖我种子那人也在集上,我当下就让他过来说,结果老头儿立马没话!是咋回事就咋回事,瞎说八道我就怼他。"

看似矛盾的性格,也许正是由土地上的生活塑造而来。耿直是做人直来直去,如阡陌纵横,亦为明辨是非的原则;而豁达是做事不怨天尤人,像后土的辽阔,有心胸才能容下天地。

懂土地也懂育人

壮年时的大叔工作忙,经常在外面跑,大婶也要亲自抓蔬菜瓜果的生产,只能让老人帮着带孩子。七八岁的男孩儿正是淘气的年纪，老太太在家想管也管不住，更何况谁家的奶奶不疼孙子？

"小人儿要管，小树要砍！养孩子就这样，自己再忙也得管。该管的时候不管，想管也来不及了！"听说一次大叔回家，儿女纷纷拿出小盆展示自己在河沟里捞的小鱼，还一个劲儿地比谁捞得最多，大叔故作和蔼地让他俩数好后再来显摆。当两个小家伙端着各自的鱼准备邀功时，大叔竟严厉地要求俩人把鱼生着吃掉。这结局着实叫人意外甚至尴尬。仔细打听后才明白，那时村里常有复杂的水道和或明或暗的坑洼，不让孩子们单独下河沟是家里明确的训诫。原来这"令人扫兴的父母"背后，不仅是在树立成人的权威，更是在担起家庭教育的责任。子女早早知道了风险和分寸，理解了规矩的意义，才能勇敢地摸索自己的生存边界，同时守住底线。

"劳力更要劳心"的生意经

人民公社那会儿，大叔就已经在工厂里上班。庄户人家出了端铁饭碗、拿工资的工人，既让人自豪，也会带来新的矛盾。壮劳力不在家，女性社员挣到的工分又少，能吃不能干的孩子们更是让一个农业家庭在秋后算账时备感拮据。天性勤劳的两口子可不会面对困局干瞪眼，办法总是多的。天不亮趁孩子没醒就起床到田里割麦子，手底下利落，上午八九点就能干完，再去上班两不耽误。歇班的空闲，背上筐篓到田间地头一通转悠，山里的柴草树叶，背人地方的大粪（人粪）都是换工分的宝。甚至下夜班以后，大叔都还能开启拼命三郎模式，骑四五个小时的自行车到邻县去买猪，再驮回家来养。

"猪大了卖钱，猪粪还可以换工分。一个枝儿上两朵花，我们挣出比在家务农的社员还高的工分，全靠这么干！"

后来，时代发生了开创性的变化，农村的土地承包责任制也让大叔大婶这样的能人放开了手脚。

"那时候，我们就爱包地，别人不要我要！西红柿，大筐大筐往北京发。装了车就走，饭都吃不上。"

大叔说这话时面色通红，气宇轩昂，仿佛又回到那个生产力被巨大释放的奔腾年代。随着年纪增长，老两口只在离家不远处留了一块水浇地，培植菜苗，顺带种菜卖菜。婶子爱干不爱说，赶集卖菜也就成了大叔的职责。

"集上卖菜也有窍门，人家都说我一去别人就甭干了。地里菜有的是，别人卖两块，我就卖一块，薄利多销。起早去，九点就能收摊儿，还不耽误回来下地干活儿。每年过了处暑，我们就开始刨红薯，别人嫌小不舍得，我舍得。我这是本地红薯早上市，和外地贩来的一比，人家都爱要我的，卖价还高。你等秋后再刨红薯，哪儿哪儿都卖红薯，你还挣得着钱？刨了红薯，我这地也不闲着，马上栽晚白菜秧子，立冬以后再卖一茬冬储菜。"

看得出，大叔有着善动脑筋的天性，正是这样的生意经,让他早早奔了小康,买了楼房。每每提到城里的房子和上了大学的儿子,大叔眼里都会闪着光,带出用双手撑起的满足。

如今他也常感慨,现在的人工贵了,雇人越多就越赔钱,不过像他们这样两口子一起干的小农户仍然还有机会。他常说:"活儿是咱自己的,钱也是咱自己的不是。"话虽简单,却似乎道出了小农们的核心竞争力。既然中国几千年传统农业史成就于精耕细作的小农经济,那在当下的时代困局中,除了加大投资、革新技术,我们这些尊重环境,与土地合作的新小农是否也能给气喘吁吁的人类世带来点儿新思路呢?

土脏吗？

小时候的我算不上淘气，出门玩耍最多也就蹚蹚水沟，逮逮蚂蚱。即便如此，回到家还是会被奶奶喝住："又上哪儿野去啦？瞧你这一身土，快拿小掸子抽抽再进屋！"奶奶是个极勤快的家庭主妇，对屋里屋外的整齐和家里人身上的干净有着近乎苛刻的要求。无论身上的尘土、家什上的灰土，还是地上扫出来的脏土，都成了奶奶的眼中钉，必除之而后快。我便也在这场持久战中渐渐习惯把对土的认知放在"干净"的对立面上。

不过说来也怪，虽然奶奶一个劲儿地叫我们掸灰除尘，但对掉在地上的食物，却向来宽宏大量。"快捡起来，吹吹！没事，掉地上不脏。"奶奶对土大相径庭的态度，着实让我困惑，长大些才品出其中玄机。

　　那时北京的普通人家，出门就是校服工作服，没条件给你左一身右一身地换。所以，奶奶要求的"掸掸土"，并不一定是对土的嫌弃，而是对"惜物"朴素的诠释。这种矛盾的认知在我们的社会文化中比比皆是。"土"作为人们心中广博厚重的图腾，对映苍穹，孕育万物，是起点也是终点，是生与灭的合一。但人们又会用"土里土气"来评判一个人的穿着，用"灰头土脸"来奚落一个人的狼狈，这恐怕与高速城市化带来的人口迁移脱不开干系。生活方式的巨大改变让我们逃离了祖辈土里刨食的劳碌，衣食住行渐渐没了"土"味儿。"土"被看作是农村和农民的缩影，是过去式的，是落后的。它也许不是真的脏，却是我们想拼命摆脱的。

　　作为重回土地的后辈，生活中当然少不了"晴天一身土，雨天一身泥"，但我们深知土是复杂的事物，只用脏与不脏来评价，未免失了公允，亦如"人不可貌相"。倒不如先去弄明白土究竟为何物，如何才算好土，这也是农夫在耕种前必先要做的事。

　　刚到山上的第一个冬天，土地的原主人带我和长角羚查看整个山场。农舍西边是一大片平坦的耕地，秋收后留下满地玉米残茬，被西北风吹尽了水分，呈现出苍白的黄。土地的颜色也是一样，像极了憔悴的人，等待着下一轮劳碌的开始。我们费力地挖了些土，用一种简单易行的方法做了测试。从田里取回的土放进一个透明容器，加入体积两倍以上的水,上部留出一些空间。盖紧盖子,像调制鸡尾酒那样尽情摇动,充分混匀后静置,第二天便出现了规律的分层。细碎的砾石在最下面,其上是砂粒层,再往上是花生酱一般的黏土层,越过略显浑浊的液体,最上面漂浮的就是土壤里的有机质了。果不其然,这里黏土多砂土少,有机质明显不足,土壤排水透气性差,容易板结。

正在我们发愁之际,大婶又来约着去爬农舍东边的小山。上山的小路窄而陡峭,粗糙的砂石很容易让脚步打滑,途中遇到一些巨大的岩石耸然突出,要手脚并用才能通行。当我准备发力的刹那,掌心一暖,原来是休眠的苔藓附在坚硬冰冷的岩石上,像一层灰绿的绒毯。借着身体的感应,一路上我似乎理解了山石与土地的一脉相承。一座山的时钟刻度也许要以万年计算,以至于人的眼睛很难察觉它的变化。土的形成恰是在这样的静默中,随着每一次风雨的侵蚀,每一次岩石的崩坏,每一次植物根尖和微生物的作用酝酿而成。砾石、砂,抑或黏土,都曾是这山的一部分,如今汇聚成田地,才有了农夫耕作的机会。

沿着山脊行进,在快到山顶的位置有一片油松林。常绿植物并非一成不变,它们叶片的更新恰巧也是静悄悄的。随着树木长大,脚下积起的落叶层柔软而富有弹性,是登山者的最爱。山脊处的环境严苛,夏有阳光炙烤,冬有凛冽寒风,水分散失快。我逐层拨开干燥的落叶,松针的轮廓渐渐破碎,到最下面已变成质地疏松的细小残片,几乎与土壤微粒无异。腐叶碎屑的加入让这里的土壤呈现出暗灰褐色，散发着森林的幽香，充满生机。看来，一份好土不仅要依靠山石的裂解，还要有生命碎片的融入，二者缺一不可。

过往农用化学品的大量使用，让我们的农田死气沉沉。这些年，我们一直在用向山林学到的方法耕耘土地，投入混合动物粪便与作物残茬发酵的堆肥，收集稻草麦秸连同割除的野草覆盖田地。两三年过去，田间的野生邻居相继归来，土地渐渐焕发新生。狼蛛是早春现身的猎手，它们奔走在覆盖的稻草上搜寻小虫。掀开一处，贴地的一面已长出细密的白色菌丝，草秆已然有些松垮。异色瓢虫在秸秆的缝隙中躲过倒春寒，肥胖的蚜虫是它们的最爱。但弓背蚁打断了这场捕猎，等待着蚜虫制造蜜露。菜地角落，马陆取食着腐烂的草叶。翻开石块，成群的鼠妇四散奔逃。一只蟊斯的尸体被泥蜂拖入地洞，结束了一场体重悬殊的完美逆袭。

相比于地面上的你追我赶、打打杀杀，地下的热闹并不容易被人察觉。迎着晨光，地里一下子冒出很多泥土做成的"裱花"。这是蚯蚓苏醒的信号，仿佛在告诉我们，地上地下的水汽已经通透，泥土正在变得松软，是时候耕种了。翻地时带出的小白胖儿是蛴螬，作为金龟家族的幼虫，它们紧张得首尾相扣，毕竟习惯了见不得光的日子，乘人不备，肉身一扭便又快速钻回地里。夕阳西下，蝲蝲蛄（蝼蛄）纵情高歌，唱出了求偶心切，却也让摩拳擦掌的农夫听得心乱如麻。一年到头，别看虫子们的日子过得五花八门，但大都终生围着土地打转。有了它们和微生物的帮助，那些动植物的遗体和粪便才能逐渐化解成更细小的微粒，使土壤因有机物质的注入慢慢活化，更让农夫的劳作得以周而复始。

脚下动起来了！

当然，培植好土是漫长的过程，并不能立竿见影。但植物是顽强的，虽不能移动身体，为了活下去，它们对于环境的耐受能力却是超群的。干燥春日，看着菜苗从梆硬的土中顶起，总是揪心。之后的开枝散叶，生花作果，倒也完成得按部就班。但活着不等于活好，我深知它们并非毫无怨言。某个夏天,一株硕大的野苋菜给我上了一堂进阶的土壤课。当时,我正在清运羊圈吃剩的草料,平时我们会收集农地残茬和动物的粪便一起堆放。无意间,我发现一棵长在角落里的野生大苋菜!它身高过腰,分枝茂盛,叶片深绿肥厚,笔直粗壮的主干上爆着"青筋",就像是刚走出健身房的老朋友,脸还是那张脸,身材却壮得令人咋舌。我一只手将这个大家伙连根拔起,竟没费什么力气。要知道换作菜地里一半大的野苋菜,经常需要双手攥紧拔半天,断了根,还崩个屁蹲儿。土地黏重,让苋菜的根无法伸展,透不过气,主根加侧根的面积还没我手心大,远一点儿的吃喝都够不着。目睹眼前这棵苋菜完整的根系,四通八达,分枝浓密,堪比圣诞老人胸前的大胡子。比起地里齐刷刷的小朋友,这棵苋菜到底经历了什么?

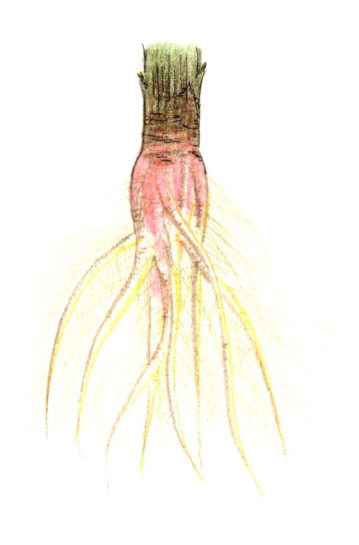

堆肥栏拔出的大苋菜根

顺着拔出苋菜的孔洞继续探索，首先是交叠在一起被切断的作物秸秆，将它们轻轻掀开，便会发现下层已被撕扯得更加细碎，甚至可以见到碎屑间粘结的菌丝。把这些尚能辨出身份的统统拨开，一些像极了咖啡渣的小颗粒显露出来，还带着点儿淡淡的青涩气息。这跟松林下的土很像，摸起来更湿润，手感更好！幸运的野苋菜，脚下堆放着大量有机质，形成了发酵的温床，在温度、湿度以及土壤生物的共同作用下，一部分转化为生长可以利用的养料，另一部分则化作腐殖质稳定存在，促进土壤形成团粒结构。这种结构让有机世界与无机世界联手生成万千孔隙，组成养料的集散地，细小的孔隙留下水，大的孔隙排走多余的水，流通的空气与植物的根在其间自如蔓延。野苋菜这一课让我认识到，营养和水对于植物生长固然重要，但根系所驻扎的土壤其实才是吸收的保障，有机质的助力让"土"成了"壤"，活着还是活好，差别原来在这儿。

夏天的野苋菜是我们经常享用的一道山野美味。这么一大棵，去掉老秆，摘下嫩叶，洗净汆烫，足有一大盘。配上醋蒜汁儿，点几滴香油，开胃又爽口。我们吃菜，其实也在吃"土"。土自成一体，纳万物于有形与无形之间，不因农夫而存在，更不为农夫而肥沃。农夫应该是苔藓，是小虫，是那稻草间的菌丝，既生于土上，又从于土中。土即是这世界，亦是你我。所以，土脏吗？

―――――――― TIPS ――――――――

土壤有机质：泛指土壤中所有源自生命的物质，来源包括各类动植物、微生物残体，还有它们的分泌物和衍生物，当然也包括施入的农家肥。

腐殖质：土壤有机质经微生物分解后重新合成的一类稳定存在的胶体物质，呈黑褐色，是土壤有机质的主要存在形式，也是建构土壤团粒的核心。

土壤团粒结构：由土壤动物、微生物、有机质、矿质颗粒等共同作用形成的团聚结构，既相互胶结，又充满孔隙，兼顾通气透水和持水持肥的特性，使土壤疏松易耕作，利于作物根系生长，也让土壤保有良好的生物多样性。

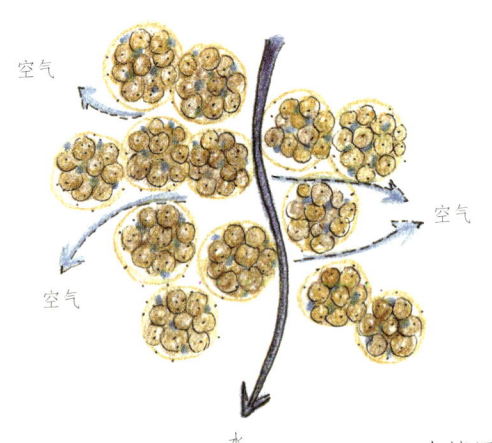

土壤团粒结构
（团粒中保有水、肥、气）

第二章 追着光

蔬菜联合国

种菜新手一般都避不过照本宣科的开头。本着生命科学人的严谨,我们在种地前也采购了大量专业图书,一开始还颇有醍醐灌顶的感觉,但看得多了,总会跌进千篇一律的字眼里,诸如喜阳喜阴、喜湿喜干或是耐热耐寒之类。这些对于蔬菜的特性描述,初看时还能硬记,十种八种一过便开始迷乱,前面的辣椒是喜冷还是喜热来着?黄瓜地要多给水少给水?照着背单词的思路学种菜,总觉得依葫芦画瓢,心里没个着落,就是丰收了也还是一脑子糨糊。

种菜还靠菜支招。那年赶上六七月的超高温,午后动不动就35摄氏度以上,菜地里一片蔫头耷脑,唯有豇豆非但不颓,还借着架子一路蹿高,豆荚接连不断地垂满枝头,这股劲头让人欣喜又好奇。顺手检索了文献，才意识到这一园子蔬菜原来各有各的"国籍"，眼前这棵如此耐热的豇豆便起源于热带非洲，怪不得呢！自此，我们没事就翻翻蔬菜档案，还真破了一些"旧案"。

北京地区花生的播种时间一般在谷雨之后。有一年我们提前了一周多播种，想借着预报的一场大雨省去些浇水的工夫。结果花生少有萌发，扒开土一看，种子竟然都发了霉。现在看来，花生原产南美洲热带亚热带，种子发芽需要比较温暖的环境，播种一提前，再加上降雨导致低温，本就使花生萌发受阻，再让湿土那么一捂，便夭折了。而与豇豆、花生这俩喜热豆正相反，我们等到谷雨才种下的荷兰豆（荚用豌豆）却活得病病歪歪，花没开几朵，更别说结荚了。原来人家来自地中海沿岸的温带地区，3月初就该下地，幼苗扛得住零下低温，却难耐酷暑。经过人类的选育传播，许多蔬菜的生活区域已有了很大改变，可在漫长的生活史中，跟人类打交道的日子毕竟短暂，"乡愁"终究还是它们的底色，岂能说变就变。我们要做的无非是将蔬菜们的"顽固"天性与本土气候相互撮合，在一年中把对的季节留给对的蔬菜，让移居更宜居。

当然，为每种作物选对时机仅是备好了一粒粒珠石，只有将它们在四时更替的丝线上合理排布，才能让这支联合国队伍打出漂亮的组合拳。想明白这件事后，我们便带着"国籍"思维放手实践。北京的春季干旱多风，我们地处山坳之间，三四月里更是无风不欢，一场春雨带来的湿气，吹不了几下就没了。圆白菜来自遥远的地中海，那里的气候与北京满拧，夏季高温干燥，冬季温和多雨，它在家乡的秋冬生长，到了北京的山上自是乐得早春的凉，只是这干旱还得靠农夫浇水补齐。眼见着生出的新叶一片片长大，一层层展开，基部"包心"悄悄开启，随着叶球由内到外，日渐膨大，5月底6月初便到了收获期。此时若舍不得收，随着气温居高不下，圆白菜不仅会快速老化，叶片口感变粗糙，再赶上大雨，叶球还容易吸水爆裂，皮开肉绽。贪心憋大球，农夫两行泪，适时翻种才是正道。

6月初圆白菜收获之后，正是中国南方的土著蕹菜（空心菜）的最佳播种时机。北方七八月的桑拿天儿对它来说简直太过家常，任凭温、光、水再怎么给上也能照单全收，可进入9月后却随着日照变短而开花，茎秆发柴，口感"嘎吱嘎吱"，此时可果断刨除喂羊。

紧随其后播种的洋葱来自中亚，它的耐寒力强，算是为数不多可以在9月播种的蔬菜，幼苗给够水盖上稻草，便能露地越冬，一直到来年夏至收获葱头，占地时间虽长，却打了个时间差，巧妙避夏。

第二年收了葱头，跟着播种热带亚洲的黄瓜或中南美洲的菜豆，都是不错的选择。这时候出苗快，长势猛，只是免不了要给搭个架子。若是想要省点儿力气，干脆改种玉米。作为一种舒适圈很大的作物，理论上从4月底到7月初都是玉米的播种期。只是算来算去，玉米三个月的生长期，早种晚种，一年也就这一季，索性借着6月下旬的一场透雨播种，连浇水也省了。作为菜豆的老乡，玉米在湿热的夏季迅速拔节，其间只需除上两三遍草，秋后的粮食就算稳了。从早春定植圆白菜到来年秋后玉米大丰收，两年里这一连串紧锣密鼓的操作在种植中被称作"茬口安排"，是农夫们结合本地物候，与国际菜长期磨合出的智慧。不同蔬菜的档期丝滑衔接，才能在限定时间和空间内收获高效丰饶的产出，丰富菜篮子的梦想终得实现。

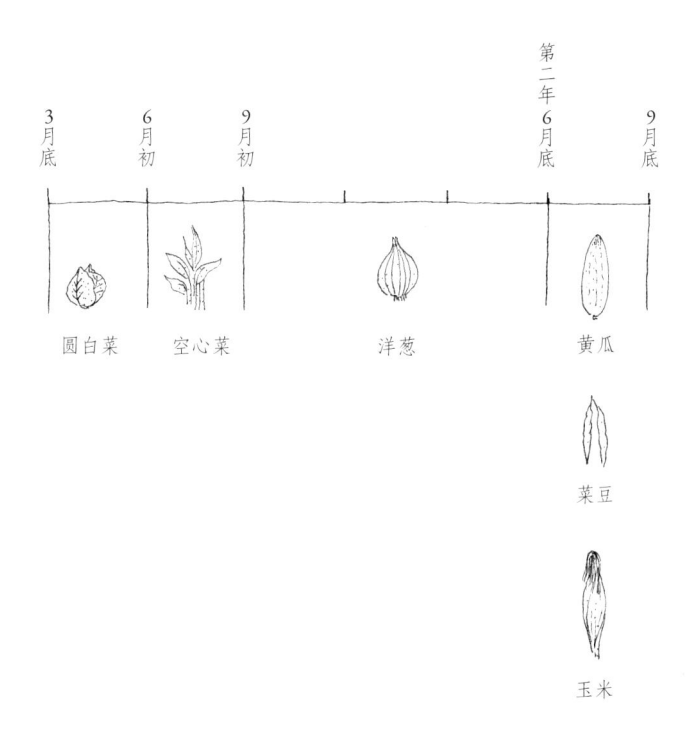

3月底　6月初　9月初　第二年6月底　9月底

圆白菜　空心菜　洋葱　黄瓜

菜豆

玉米

蔬菜茬口安排

随着世界各地的蔬菜陆续在菜园里扎下根来，做饭前去挑选食材的过程，竟有了几分逛联合国大会场外市集的意思。马铃薯像个垂暮之年的安第斯汉子，麦熟前后的干热已让壮实的茎叶显出退场前的颓势，但它仍然在日出日落间拼命劳作，只为存下更多未来的保障。菜豆在风中展现修长的身姿，仿佛热情奔放的墨西哥女郎舞动纤巧的手指推荐着自己的摊位。一旁圆润的番茄已由绿转黄，刚刚泛起的红晕，像是印加姑娘涨红的脸，也许她觉得自己还没准备好。日渐饱满的茄子则在帷幕般叶片的映衬下，如一身亮紫色纱丽的印度美姬款款而来。菜篮子在蔬菜们的卖力游说下被塞满，来自世界各地的风土人情很快在一锅乱炖中呈现出完美的平衡。了解蔬菜的起源，不仅帮我们种出了美味的瓜果，更让我们感应到异域的文明。

苦瓜

玉米

黄瓜

胡萝卜

蔬菜祖先们长啥样？

现代研究认为,世界上散布着多个古老的蔬菜起源中心,其中,尼泊尔地处印度—缅甸起源中心,那里极高的文化和生态多样性令人着迷。曾在尼泊尔的游历,竟让我们在多年后有了新的发现。在那里,我们第一次见到接近野生种的苦瓜,掌心大的个头,一身尖锐突起,苦味十足,听当地人说苦瓜就诞生在南亚。我们在种地时也能感受到它自带的雨林范儿。苦瓜喜欢湿热,不仅开花结果在夏季,连种子萌发需要的温度都比较高,这正是热带亚洲的森林里最充沛的资源。虽然苦瓜是比较柔弱的藤本植物,但能够攀爬的特性,足以让它在林间找到需要的光。当果实熟透,那醒目的橙黄,配上开裂后种子外血红甜美的假种皮(我俩这些年没少吃),估计森林鸟兽也不忍错过。被动物吞进肚子听起来不是什么好事,却可能带来一些好处。随着动物的移动和排便,苦瓜的种子得以被送到更多地方。而经过肠胃消化,厚实的种皮还可以得到一些恰到好处的"损坏",给未来的发芽创造条件。要知道,在蔬菜育苗中,确保苦瓜种子的顺利萌发一直都是个难题,而在它的诞生地,那或许只是一个自然而然的默契。

当我们谈论蔬菜的起源,很容易获得的信息都在指向人类社会演进中农业文明的伟大,哪个地区才是真正的起源中心,总有人争论不休,却极少提及"苦瓜们"背后的那些鸟兽山林。仔细想想,在野生植物被驯化的过程中,无论选育、种植、传播,我们的祖先更多扮演着发现者和挑选者的角色,而各个地区的多样化生态系统才是这些宝藏的孕育者。如今，门前的这小片"蔬菜联合国"源自先辈们与身边环境的合作，我们愿意看到它的成员越来越多。毕竟多元的美食需要多样的菜园，而多样的菜园需要一颗多彩的星球。

---— TIPS ———

很多人对圆白菜"包心"有误解，以为叶球是从外向内由一片片菜叶收拢"包"起来的。但实际上这个过程是由内向外"挤"出来的，随着内生叶一层层长出，不断堆叠，叶球才逐渐变大。而植株最外围散生的老叶不会参与包心，并会随着圆白菜的生长逐渐萎凋。

外围散生叶均不参与包心

圆白菜包心过程

人虫菜三角链

夏至前后,正逢麦熟,北京干旱炎热,午后气温连年攀升,即便在山上也记录到 40 摄氏度的高温。如此炎热的天气,我们更喜欢在凉爽的清晨做些农活儿。五点的天就能亮透,起床后直接拎上篮子下地,心里有一种特别的爽快。架子上的番茄已经陆续转红,还好此时没有太多雨水,即使红透了也不至于出现裂口。这时的虫子因为炎热少雨还处在发生早期,刚能看见一些细小黄绿的棉铃虫在番茄的果蒂附近啃咬。这正是在里山生活的"福利",不仅可以享受从田间到餐桌的最大便利,也更容易与各路昆虫正面遭遇。菜园里的菜,我们吃,虫也吃。

其实,人和虫的关系并不适用于"非友即敌"的简单逻辑。对于一些所谓"为害"的虫,当在菜园里目睹过它们完整的生活史,我们立刻意识到之前的评判有失公正。菜青虫喜食十字花科蔬菜,如果天气暖和,5月上旬就会出现在卷心菜或菜花上。它们偏好从贴近地面的叶子开始吃,有时甚至能将叶片啃得只留下叶脉。等到菜青虫蜕变成菜粉蝶,便放弃了大口吃菜的习性,转而优雅地飞过花丛,点点繁花间的蜜露成了它们的最爱。越冬蛹孵化出的菜粉蝶一般会在由春入夏的时节露面,它们吸饱了花蜜,就爱围着卷心菜和菜花上下翻飞,忙着找个好位置产卵。这些卵会被蝶妈巧妙地安排在不同的位置,老母亲应该是想让娃们各吃各的不争抢吧。这还不算完,很多卵会被细心地粘在叶子背面,也许是为了避开天敌的巡查,或是躲过雨水的冲刷。它们像是极小的米粒,透过微距镜头,我们都会被那别致的形态和表面的纹路打动,简直就是一件精雕细琢的"玉纽扣"。

菜粉蝶卵特写

芝麻菜叶上的菜粉蝶卵

6月的晴日午后，是夏季菜粉蝶最活跃的时间，香草园里同属十字花科的小叶芝麻菜开出细碎的黄花，备受青睐。看着它们的腹部在叶间来回轻点，便知道这一片日渐老去的菜叶将要成为菜青虫的温床。十字花科植物体内的芥子油苷本是对付昆虫啃咬的化学武器，一般虫吃了是毒，而菜青虫吃了不仅好好的，还能获得一股子辛辣芥末味儿，硌硬天敌。面对即将孵化的虫宝们，芝麻菜却并不焦急，它为菜青虫付出的一切，将由蝶妈来买单。小黄花在菜粉蝶光顾之后会完成授粉，从而结出更多种子，掉落入土，便又迎来新生。这是属于十字花科家族与菜粉蝶的古老契约。这么想着倒也多了几分释然，秋天里那些新长出的芝麻菜又何尝不是菜粉蝶的功劳，而农夫也并非坐享其成，因为是我们为这份契约种下了成全。

　　当然，辛苦耕耘的菜园生了虫，总归要想点儿办法。农药也许见效快，却有环境风险，还可能反噬我们自己。但若是按照老传统手工捉虫，恐怕又会累到怀疑人生。朋友曾生动地描述过儿时在农村的经历，放学后被老母亲命令到地里捉虫，由于太辛苦，淘气的孩子往往消极怠工，后来大人们颁布"以虫换零钱"政策，一下子激发了娃娃们的战斗热情。然而，随着抓到的虫子越来越多，可兑换的零钱却不断遭遇"汇率下调"，最终一场有组织的人虫大战无疾而终。

　　这些年，我们也着实想了些法子与各路虫子一较高下，但无论用何种手段，都不会以"终结"为目标，反而更像是在维系我们、虫子与蔬菜之间的稳定关系。菜青虫虽然个头大、食量大，但毕竟行动迟缓，在我们这样的小菜园里，适时的田间检查和手动除虫还能控制住它们的密度。而同样不怕芥子油苷的小菜蛾就难缠得多，一不留神就会把菜吃出千疮百孔，幼虫的体长还不及菜青虫的三分之一，快速的繁殖让它们在两三个月就能轻松实现"子又生孙"。这些幼虫散布在各处，倚仗着体小灵活躲在蔬菜的缝隙深处闷头吃。卷心菜被小菜蛾这样一搞，我们还可以剥掉几层叶子继续吃。但换作菜花，不仅被啃咬的花梗会发黄变硬，还臭臭的。择洗时更让人崩溃，一颗菜花上，轻轻松松百十条虫，大大小小，在各个角落狂吃狂拉，还有一些藏在更深处，随时准备破茧而出！

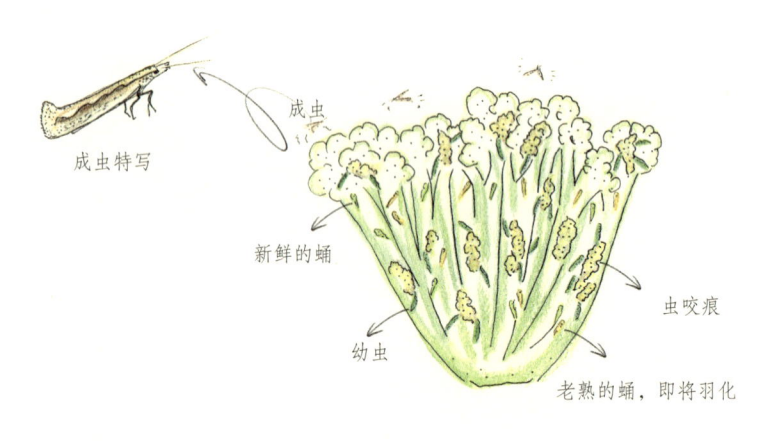

成虫特写　　成虫　　新鲜的蛹　　幼虫　　虫咬痕　　老熟的蛹，即将羽化

被小菜蛾啃到无法择洗的菜花

碰上这样的硬茬，还真得上点儿装备。夜晚启动的诱虫灯就是个不错的小助手。蛾类的成虫会在夜晚释放信息素吸引异性交配，暗夜中的它们对于亮光有着魔咒一般的执念。紫幽幽的诱虫灯在前半夜工作的几小时里，小菜蛾的成虫纷纷自投罗网，随着一阵阵电击带出的噼啪作响，田里的产卵者就能少一些。另外，我们还邀请了螳螂这种世代奉行"纯肉食"原则的昆虫落户菜花田。早春生火取暖时，很容易在一些柴禾上发现螳螂妈妈留下的卵鞘，我们都会小心翼翼地把枝条连同卵鞘一同送到菜地，找个隐蔽的角落安放好，静等双刀小将出场斩虫，这样田里的啃菜者也能少一些。但如果赶上比较严重的春夏连旱，浇水不易的山地，菜花生长就会变缓，结花苔时很容易赶上小菜蛾的爆发期，即便有诱虫灯和小螳螂的协助，我们还是会陷入"早收菜花小，晚收虫子多"的两难境地。这时赶在小菜蛾尚未发生的春季搭建起防虫网，就像给菜苗罩上一层蚊帐，这精心打造出的结界，既能阻隔小菜蛾前来产卵，又能给菜地防风保湿，洁白如玉的菜花轻轻松松大过脸，还比往常提早半个月长成。面对丰收的菜花，欢喜之余，竟不免心生几分惆怅："真的一只小菜蛾都没有啦？那它们这段时间吃的啥？那些等着小菜蛾下锅的捕食者该怎么办？"眼下虽没有答案，但我们深信这些问题需要回答。

想在人虫菜间维持稳定的平衡关系，也不能只盯着虫子生长的高峰期。在北京，菜粉蝶和小菜蛾有两个发生高峰，一段是五六月，另一段在八九月。在中间的雨季，由于暴雨冲刷、食物短缺和更多天敌的出现，这两种虫的数量都有所减少。此时做到未雨绸缪，便能应对它们在"发生缺口"后的新一轮增长。北京的雨季也刚好划分了蔬菜的春秋岔口，7月中旬至8月上旬是翻种秋菜的时期。采收完卷心菜和菜花的田地里，老的菜梗、菜叶，连同覆盖物一定要在翻种前清理干净，那里往往是菜粉蝶和小菜蛾的重要藏身地。下一茬我们会翻种可以冬储的大葱，这些年的效果很好，因为即使有漏网的卵留在地里，刚孵化出的幼虫也会发现："怎么是葱？！没得吃，根本没得吃！"不仅如此，这块地在未来几年都不会再种十字花科蔬菜。像这样同一块地在不同季节和年份，轮换种植不同种类的蔬菜在农事上叫"轮作"，目的之一就是避免像菜粉蝶、小菜蛾这样专一的虫子近水楼台，越聚越多。

法布尔的《昆虫记》中有一则趣闻，相传在公元1世纪的欧洲，种植卷心菜的农民会在菜地里挂起马的颅骨驱赶菜粉蝶，而到了法布尔的年代，更会以鸡蛋壳吸引菜粉蝶产卵的土方法控虫。现在看来，以上做法大抵是源于农夫对大自然力量一厢情愿的想象，却足以说明，在像模像样的农业文明诞生后，人、虫、菜之间的拉扯从未停歇。倘若只看到对立，菜园自然会沦为你死我活的修罗场。如今，简单粗暴的灭虫手段已经引起很多忧虑，更多防虫治虫的专业人士也意识到，有虫吃菜并不等于就是虫害。菜粉蝶与十字花科家族的契约就是很好的指引，农夫可以试着加入这互助的关系，让菜园成为菜长得好、人有得吃、虫过得去的伊甸园。

------- TIPS -------

轮作、间作、套作都是咋回事？

轮作：同一块地里，每季或每年轮换种植不同种类的蔬菜，以达到土壤养分的合理利用，减少病虫害的目的。我们将菜园整理成多个相同大小的地块，每年按照不同科的蔬菜轮转。

间作：同一块地里，同一时段，不同作物有规则地间隔种植，达到互利增产的效果。我们每年会在豆角架下种一行芹菜，借着豆秧提供的氮肥和遮阴，芹菜长势好，一地收两样。

套作：同一块地里，在已栽种作物的生长后期，借株行间种下后一季作物，尽量通过"低干扰"的短期共存，为后季作物抢出更长的生长期，提升土地利用率。我们曾在8月初处于生长后期的玉米脚下播种架豆，既不影响玉米采收，还拉长了架豆的生长时间，顺便借高大的玉米秆作爬架。

野生花园

刚搬上山时，站在地头放飞思绪，能让新晋农夫做上一整天白日梦。一棵参天大树，足以激发出太多想法。摇曳的风铃，摆荡的秋千，或是随意拼搭的茶几木凳，都是对未来日子的一种描摹。然而这土地上除了我们，还有谁也有着日复一日的念想？记得在使用防虫网后，我们还曾为小菜蛾"担忧"，结果没多久，又在一片油菜中见到它们欢腾的身影。恰好那些油菜已显出入夏后的颓势，不多久就要翻茬，索性让它们吃个痛快。放任虫子在菜地吃喝，于村里长期务农的老人来说简直就是离经叛道，但若讲明拿这些老油菜连同虫子一起喂鸡，没准又收获一顿赞许。无论农夫、油菜、菜蛾，还是下蛋的母鸡，无非都想着安身立命的温饱和延续世代的兴旺。于是，让一块田能包容下所有，便成了那个最大的梦。

　　沿农舍旁的小路向上，几分钟就能进入绵延的山林，那里是各色野生动物邻居的大本营。我们常常保留小路两侧的野草灌丛，方便大家来地里做客。野惯了的它们，并不喜欢空旷和整洁，在野外将自己暴露，意味着遭遇不测或错失猎物的风险，因此它们更青睐自然而然的凌乱。铺设步道剩余的块石，被简单堆叠在鸡舍门口，很快引来山地麻蜥安家，岩石的缝隙足以让它们偏安一隅。锯下枯树干垛起的柴堆，被黄胸木蜂视作自己重要的领地，雌蜂挑选心仪的木柴开凿育儿室，用新鲜的花蜜喂养幼虫。密密栽植的洋姜作为与邻家的隔离带，没想到成了东北刺猬白天休憩的隐秘角落。还有那大丛的荻草，更是赤峰锦蛇躲避烈日和小狗滋扰的天然屏障。旁边不远的矮草里还藏着窗萤的幼虫，在潮湿的夏夜，我们还有幸目睹过它捕食大蜗牛的名场面。这些有意无意的营建，对我们来说只是举手之劳，得来的回馈却着实令人欣喜。作为重要的传粉者，黄胸木蜂时常光顾菜园，茄子的紫花、青椒的白花、黄瓜和番茄的黄花都是它中意的甜品站。窗萤、山地麻蜥和东北刺猬作为职业食虫者，体型差异显著，每天的进食量却都不容小觑。赤峰锦蛇更是我们的保家仙，田间地头的硕鼠喂饱了它粗壮的身体，我们不仅不怕，反而觉得踏实。

　　为了能让更多野生邻居踏踏实实来田里以工换食，甚至换宿，我们便想着在菜园附近种一座花园来款待它们。

农舍前的大桑树给了我们绝佳的灵感,它的树荫不仅撑起夏日的清凉,掉落一地的果实还会吸引刺猬夜间造访(刺猬杂食,以食虫为主,也吃蔬果),因此,大树成为营建花园的起点。我们在它的南面种上年轻的核桃树,让园子的半壁江山得到荫蔽,水分和光照有了多样的分布,便可容纳更多的植物种类。按照"邻居"们的喜好,我们又运来从村里收集的废旧建材,曾经的房屋基石被手工垒砌成低矮的院墙,房檩和竹竿被用作藩篱,而院墙和藩篱之外仍旧保留着野草肆意生长。园中的小径使用砖石沙土直接

石笼:为减少建筑废料的倾倒,将它们暂存于牢固的金属笼中,其上加装木盖板,作为花园里的座椅,这些废料亦可在其他设施建造中被二次使用,如立柱的地基、烤窑等。

干铺，甚至其间的座椅都是用碎砖瓦装填出来的石笼。虽为人工材料，却足以模仿自然野地中的岩石沙砾，其间满布的缝隙可以让水和空气自由流动，更能为很多微小的生命提供容身之地。

  营建一座花园，栽植树木、搭建院墙和藩篱，以及铺设小径，都只是在完善硬体，而培植出丰富的植物群落，才是让这座野生花园运转的关键。热爱美食的我们，瞬间便想到了香草的气质。它们植株丛生、小叶、多分枝，与周围的野草多有相似，细碎的小花对于昆虫充满吸引力。据说在蜜蜂眼中，很多人喜欢的鲜红色竟然是一种乌漆麻黑的存在，完全不能提起兴趣。而我们种植的香草大多来自唇形科和菊科两大家族，花色集中在白、黄、粉和蓝紫，正是诸多访花昆虫眼里最美的色调。此外，唇形花特有的唇瓣和其上的蜜导，以及菊科家族平展的头状花序，还能提供更好的着陆条件，便于昆虫埋头吸食花蜜，抬腿带走花粉。

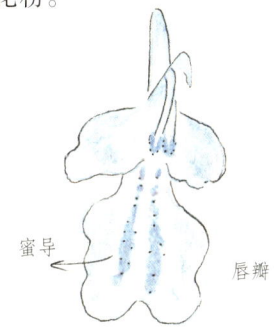

迷迭香的唇形花   *洋甘菊的头状花序*

相比蔬菜，香草更容易与野草共生。它们分泌的芳香油有着强大的防御功能，可让病虫退避三舍，只需适当浇水剪枝，花园便逐渐长出更接地气的样子。曲枝天门冬类似野生芦笋，现在就住在鸭儿芹旁边，仿佛好姐妹般，每年春天都会相约现身。肉肉的野马齿苋很快和香茅、姜黄组团，随着那两位越长越高，它乐得在脚下静静铺开。香草与野草的伴生让花园里的种类更丰富，花期也更长。3月的春色从堇菜深沉的紫开始。4月，毛茸茸的琉璃苣撑开它的蓝色五角星。5月的奔放属于金灿灿的苦菜。随后更多香草开始绽放，百里香的白、鼠尾草的蓝、薰衣草的紫，宣告着盛夏的热烈。此时洋甘菊的小白花已陆续退场，酢浆草的小黄花即将接替它铺满小径两旁。进入雨季便是益母草、薄荷和藿香的盛花期，园子里渐渐出现一片片不同色号的粉。穿插其间的紫苏、罗勒花序形似宝塔，一直延续到秋天依然开放。

渐渐地，我们发现这片杂居共生的小群落吸引来各样的生命在这里走走停停。一只顽皮的雀鸟吞下山花椒红彤彤的果实后，落在篱笆上休息，肠道一阵快速蠕动，裹着花椒籽的鸟粪被撒进石笼与篱笆的间隙。在野草的掩护下，这粒种子悄悄地生根发芽，等我们发现时，它竟已和篱笆一般高了。同样悄无声息地，一只雌性花椒凤蝶在吸饱了藿香花蜜后，偷偷在这棵小花椒上产下一些卵。没多久，幼虫破壳而出，轻手轻脚地吃光自己的卵壳。除进食外，它们基本保持不动，扮成一坨湿乎乎的鸟粪自保。随着吃掉更多花椒叶，幼虫获得了足够御敌的化学物质，变得粗壮碧绿，两枚眼斑十分威武。此时若遇骚扰，它们会立刻昂起头，膨出两条橙色触角散出"臭气"，足以让人悻悻离去。最终，完全成熟的幼虫重归低调，在石笼座椅上找到一处化蛹的角落，迎来只属于它的蜕变。

低龄幼虫

老熟幼虫

花椒凤蝶小时候

除了蝶舞蜂飞，还少不了块头大、嘴又馋的各种甲虫，甚至夜间活动的蛾子都会到访，一年到头足有几十种授粉昆虫围着这座花园团团转。如此多的小花小虫也会吸引更多捕食者到访。食蚜蝇、寄蝇和寄生蜂通常幼虫才会吃肉，而成虫要靠花蜜来维持生命。凶悍的胡蜂乐得在捕食的间隙吮几口花蜜补充体力。而像食虫虻、螳螂、蜘蛛这样纯粹的猎手，在香草园繁茂的枝叶间能找到很多隐蔽所，在那里无论空中打击还是地面伏击都会更加得心应手。还有些细弱的泥蜂，干脆在花园的沙土地上开挖，埋下它全部的爱和宝宝的未来。

年复一年，大树、砌石与沙土安放了花园的"野"。在我们的协助下，香草接纳了本地的野花野草做邻居，它们共同组建的社区又成了授粉昆虫的食堂，以及捕食性昆虫的狩猎场，紧随其后的也许还有大蟾蜍、北红尾鸲、岩松鼠与黄鼠狼。彼此的共生编织出复杂的网络，呈现出一幅欣欣向荣的图景。这样的网络也自然会把我们的菜园纳入其中，野生邻居在享用芳香盛宴之后会给予更多答谢。我们在这片芳香中劳作，还要循着野生邻居给出的启示，用自己的"后退"去理解包容。大自然是野性的，更倾向于混乱的存在，好像这些密密匝匝的草木和笨拙堆叠的砖石。混乱之下的诸多缝隙，能给生命世界带来机会，可以扎下根，可以找到庇护，可以获取食物，更可以养育后代。野生邻居喜爱这混乱，我们和菜园也从中受益。其实，这份野性的背后是有秩序的，是美的，也是人该要读懂的。

花园一角：香草、本土植物、访花昆虫与捕食性昆虫在此共生

根：生长的镜像

植物的一生，靠的是地上地下的相互成全。中学课本里植物的六大器官，根、茎、叶、花、果实、种子，根总是排头兵，却几乎看不见摸不着，在现实中常被忽视。对城里人来说，暴风雨过后被连根拔起的大树，恐怕是最能直接感受到根存在的时刻。而农夫的身份让我们有幸与植物朝夕相伴，在年复一年的劳作中，见识了园子里不少有趣的"根"和它们的独门绝技。

山间的3月，随着土壤化冻，散出的水汽被凛冽的大风一扫而光，四下一片枯槁。在多数栽培蔬菜还难以存活的时节，野荠菜早已有了对策。它们贴着地皮，顶着一场又一场的寒流成长，天一热便渐渐退去。为了避开与夏季的大批植物竞争，它们选择错峰出行，生长繁殖都快人一步，形成了自己的"苦寒"生态位。一次整地时，田土被头天的雨水浸得松软，我竟偶然刨出一棵毫发无损的荠菜。地面以上的部分还不及一个小指头长，开着小花，作为野菜稍稍过气，但韧性十足的地下主根竟超过一拃长。原来看得见的荠菜只是露了个头，真实身高全藏在了土里。后来我陆续发现，同期地里的斑种草和独行菜都有类似的深根，也许这便是早春野草们的默契，靠着吸收土壤深处的水分，在干旱清冷中率性而活。

野荠菜的深根

不过要论根深，草毕竟还是拼不过树。有一年山坡上的一棵杏树被天牛蛀蚀而亡，我和师傅电锯手锯轮番上，费了好长时间才将枯枝杈整理停当，就剩脚踝高的一小截棕灰色树桩，虽不影响通行却来回绊脚。师傅下班时劝我就此打住，靠人力挖根太费劲。可那时的我就爱跟"费劲"死磕，大中午的，把铁锹、十字镐、手锯、斧子、砍刀、撬棍备上，师傅前脚走，我后脚就开挖。开始比较顺利，很快树坑便初具规模。随着锹挖镐刨，杏树向四周伸展的根系渐渐清晰。我突然意识到这个网络远比我想象的深邃繁琐，光刨是不行了。我转而尝试锯断，但树根坚硬致密，空间又局促，配上刀砍斧刹，老半天才切断两截侧根。晃了晃主体，还是纹丝不动。浑身暴汗的我丢下工具，一屁股坐在坡边，发现梯田的侧面竟当啷出几条"大长虫"。再一看，原来是由于散养鸡群的长期刨挖和雨水冲刷，土石滑落后露出来的杏树根。它们有缆绳粗细，更深处的看不见，但至少在刚挖的那棵树桩以下两米仍有分布。目睹这一切，我掸了掸土，果断收工。

这棵杏树之所以有深度，是因为它已扎根此地二十余年。但有些家伙嫌这效率太低，当年就要攻城略地，横扫千军，红薯便属于这种急性子。5月初栽下的红薯秧，其实是未生根的不定芽，浇足水后，它们会迅速扎根，形成未来结薯的"中军大帐"。夏季的湿热吹响了进攻的号角，藤蔓开始四处蹿生，到了8月便已将地块铺满，再想长点儿野草都难。红薯超强的开拓能力，与它茎节处生出的不定根大有关系。这些细嫩的根扎进土里，吸收水分营养，就像行军打仗的先锋营，负责藤蔓扩张的后勤保障。但这样的营盘多了也是有利有弊，一来枝叶长得太旺，大量养分都消耗在了地上；二来新生的不定根们纷纷打起自己的小算盘，都想要结薯自保，这样一来，有限的资源四处分流，到时只能收获一大堆可可爱爱的迷你薯。来山上干活儿的大叔时常提醒我们，到了雨季记得给红薯地翻翻秧，将藤蔓上的不定根从土里拔出，促使营养汇集到最初栽植薯秧的位置，那里的主力块根们生长时间最充裕，更容易结出大薯。

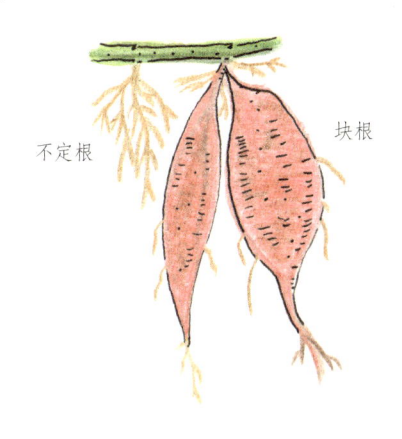

红薯的块根和不定根

像红薯这样喜欢四处乱窜的还有香草园里的薄荷，只不过它们将战场转移到了地下。以前看香草栽培的书，薄荷那一篇赫然写着"建议不要与其他香草同盆混种"，从那时起我便对它的侵略性有所提防，特意将薄荷与园子里的其他香草隔开老远。但结果出乎意料，薄荷们轻松越界，如复制粘贴一般四处冒头。为了保全其他香草，我们只好痛下杀手。比起红薯藤蔓的明修栈道，薄荷的"根"更善于在地下游走,我捋着一丛枝叶向下挖,很快发现一些白中透紫的"根",掐住一段向上轻轻一拽,两侧的土纷纷松动,随着持续发力,还真让我顺藤摸瓜拽出来一大串儿。仔细一看,它们分成一节一节的,每一节向下长着根须,向上生出小芽,这分明就是茎的特征嘛!看来长在地上还是地下,并非根与茎的分水岭,关键还得看有没有节,长不长芽。薄荷的地下"根"其实不是真正的根,而是匍匐生长的根状茎。

薄荷的根状茎

在香草园里还有一种野生植物,它的"根"其实也不是根,而且套路更深,干脆从扎根土壤转为扎根植物。菟丝子因为缺乏合成养分的叶绿体,靠着寄生方式,这些年几度现身紫苏地。第一次见时我们没太在意,没过些天,最初那几根弱不禁风的"黄丝线"竟开始横纵交叠,披披挂挂成了盘丝洞,其间的紫苏俨然成了无助的"唐长老"。走近一看,这些纠缠不清的其实是纤细柔软的茎,菟丝子并没有植物学上定义的根，取而代之的是茎上特化出的小吸盘，如根一般紧紧嘬住紫苏秆，毕竟那可是它的衣食父母。我们当机立断，开启手动清理模式，一干就是一小时，强大的耐心配合持久的蹲功，手上还得带着边解套边轻轻择开的巧劲儿，稍一走神，任何掉落或遗漏，都可能引来死灰复燃。我们在清除过程中几度气急败坏，恨不得连同紫苏一起拔除。菟丝子可真不简单，没根，却很难根除。

菟丝子的"寄生根"

无论是薄荷的根状茎还是菟丝子的"寄生根"，它们虽然像根，却都不是根。而有些蔬菜则恰恰相反，明明是根却不像根。

玉米的须根系很发达，地下密密匝匝，没有清晰的主根，更像是一团用旧了的扫帚头。每次间苗时，要拔起那些大棵一点儿的，还挺费劲。留下的独苗随着身高快速拉长，叶大招风，植株时常随风摇曳。这时玉米恐怕自己也嘀咕，脚下这么"须"，身子瘦瘦高高，夏天的大风大雨怎么顶？往下瞧，离地不远的茎节处开始生出一圈圈奇怪的凸起，开始我们还以为是生长畸形，但随着每个凸起逐渐伸长、弯曲、下扎、入土、生根，才明白原来这是玉米给自己打的补丁。除了吸收营养水分，这些支柱根就像帐篷四面拉紧的风绳和地钉，将玉米秆牢牢锚定。这些年夏季的强对流过后，玉米地里不免有些个东倒西歪，但直接趴下的还真不多见，只需次日帮着扶正培土，便无大碍。地下不够，地上来凑，玉米还真会想办法。

玉米的支柱根

每年 10 月末，刚从地里拔出的胡萝卜挂着泥土，其上长长短短的"胡须"清晰可见，有的还会生出分叉。任其颜色再鲜艳，口感再脆甜，胡萝卜也是如假包换的肉质贮藏根！

俗话说："头伏萝卜，二伏菜。"胡萝卜通常在 7 月中旬播种。相比种植其他蔬菜，还要多一道工序，那便是制作高起的种植床，这正是为了保障肉质根更好地生长。一来胡萝卜耐旱不耐涝，种在高处利于排水；二来，深厚疏松的土层便于粗胖的肉质根顺利下扎，减少畸形。胡萝卜一边生长，一边享受着日渐冷凉，直到霜降甚至立冬才被采收。它们的野生祖先是一种原产于干旱地区的二年生植物，也长着略微膨大的根，贮藏营养是为了挨过苦日子，来年开花结种续香火。可蔬菜的身份让如今的胡萝卜早已等不到开花结果，当年就化作了丰收的喜悦，身材越变越肥美，贮藏根最终沦为蘸酱菜。但咱得明白，这其实并非人家的本意，品尝时更要带着谢意才是。

胡萝卜的肉质根
（大部分掩埋在土中）

每年入冬前，我们会陆续给蔬菜拉秧，也正好趁机"刨根问底"。黄瓜白花花的主根还算明显，但侧根并不发达，整体根系较浅，随便一拔就出来了，怪不得五六月时别的菜都没事，就它老蔫，老得给浇水。茄子的根系则扎得更深，抓地力十足，需用铁锹才能挖出。比起黄瓜，茄子更耐旱耐热，估计与根能吸收深处土壤的水分有关。大豆的根就更有趣，除了浓密结实，根须上还长着好些圆乎乎的小疙瘩。这些豆科植物的根瘤，在根瘤菌的影响下形成，凭着从大气中固氮的本事，与大豆"互换美食"，互利共生。随着研究的深入，一些能给非豆科植物固氮的好伙伴（如弗兰克氏菌），甚至更多更复杂、连肉眼都看不见的共生关系（如各类菌根），仍在不断被发觉。说来也是，自然界里哪有谁能真正孑然一身。在那些下扎、扩散、缠绕、锚定、膨大的背后，根的秘密，值得我们一直探索下去。

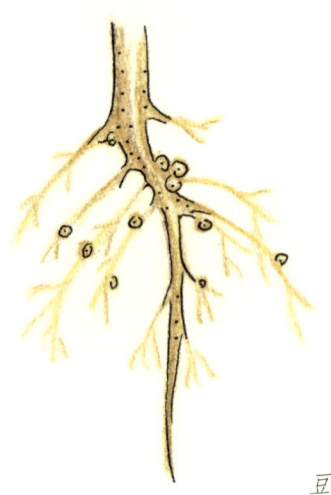

豆科作物的根瘤

旱耪地，涝浇园，认真的？

水是一切生命活动的保障，对于蔬菜更是如此。农夫种菜，最幸运莫过于按自然降水安排种植便能丰收。可实际上，各地的雨水都有着自己的分布规律，并不一定能与农时匹配。北京的降雨集中在七八月，在此之前特别容易遭遇干旱。没有雨水，便要依靠井水来浇灌菜园，但什么时间浇，怎么浇才合适，这其中确有门道。

清明时种绿叶菜，我们会加大播种量，刻意密植，让枝叶撑起阳伞，减低土壤水分蒸发，借着植株间的竞争与徒长，还能收获更鲜嫩的沙拉菜。此时刚出土的小苗根系浅，抓地力弱，用花洒小水勤浇为佳。

而对于定植的果菜苗，则需要把水浇透。山上土黏渗水慢，若只是一劲儿地浇，没等下渗便四散奔流。为此，我们提前在菜苗脚下围起一圈小土坎儿，负责蓄水。浇水时在多棵之间来回灌透，并在苗间铺上稻草或麦秆，保水顺便控草。

从6月开始，干旱与高温相互交织，浇水的频率得跟上，更要把握好时机。天热，人也懒得下地，稍没注意，旱稻叶尖便微微发黄，巴掌大的黄瓜叶耷拉在茎秆上软趴趴，皱缩暗沉。翻起瓜架下的土，颜色发浅，表层有些结块，这是缺水了。等傍晚太阳落了，我们便开始浇菜园。面对干热，黄瓜的根系浅，吸水能力差，叶片和脆嫩的果实又无比耗水，明显有些入不敷出，急等着我和蚊滋滋接济。怪不得老师傅常念叨："你摘根儿黄瓜，就得浇瓢水。"而同是葫芦科的南瓜也是瓜大叶大，但消耗的水分靠着发达的根系不断补充，花得多挣得也多，自然从容不迫。大葱则是省吃俭用的典范，凭着叶面分泌的蜡质，拉低植株的蒸发量，平衡了根吸水能力弱的短板。此刻，一碗水端平不如因材施"浇"。

"大暑小暑，灌死老鼠。"随着盛夏连雨天的到来，浇水终于告一段落，除草的活儿又扑面而来。那年是我们第一次种旱稻，地里实在忙不过来，请了一位大叔上山帮忙，他头戴瓜皮帽，衣衫褴褛又混搭，自带一股扑朔迷离的喜感。还没开始干活儿，先到库房里四处打量，问我借锤子、磨刀石、角磨机，把生锈的工具挨个磨锃亮，然后扛起一把锄头，口中叨念着"草死苗活地发暄"，乐呵呵奔地里去了。

不得不说，大叔不白讲究，配上称手的工具，活儿干得又快又瓷实，还顺手给我做做农技指导："你这么干不行，不能光划拉那有草的地方，没草的地儿也得拿锄耪一遍。"这话听得我有点儿蒙。大叔接着说："旱耪地，涝浇园。听过没有？这雨后晴天耪地不光为除草，土耪松了，菜好扎根，关键还保墒情（保持土壤水分）。"以前我没想过耪地与保水还有联系，原来大雨过后，土壤中形成的孔隙通道会像一根根充满水的吸管，与地表连通。太阳一晒，地下的水汽被不断抽走。耪地松土正是农夫帮表土"重新洗牌"，手动切断这些"跑水"通路的操作，减少蒸发量，锁水保墒。

而关于"涝浇园"，大叔说以前家里的田地低洼，赶上夏季雨涝，大中午的下暴雨，雨停又暴晒，人仿佛活在了蒸笼里。他争分夺秒跑去地里，拼命挖沟排走积水，然后抽拔凉的井水又灌了一遍，折腾一下午，擦黑回到家直接躺倒。想想也对，这雨涝的菜地，土壤的空隙被水占满，氧气自然被挤了出去，再喜湿的菜，它的根也得呼吸啊！缺氧加高温，让菜苦不堪言，立即排水自是必要。至于这排了又灌嘛，大叔强调这第二步灌水并非要浇地，而是为了驱散雨后的湿热气，给田地降温，因此只是迅速在面儿上走一遍水，防止蔬菜烂根，算是一种急救手段。

原来是这么个"涝浇园"！只是我们这儿恐怕用不太上，本就处在山区，田地又比邻居家的高出一大截，这些年的雨水，无论多少都被顺利排走，"涝"根本无需多虑，干旱才是最大的挑战。我们珍惜每一场春雨，无论它下得淅淅沥沥，还是支支吾吾，毕竟省去了浇水的麻烦，人菜双赢。直至一位气象达人给我们科普，说一毫米的降雨量相当于在一平方米的菜地里洒上一升水，也就是两瓶可乐的量。比起平时浇菜园的透水，我们突然意识到过往下的"双赢"雨，很可能都是假象。菜园气象站记录的那几毫米降雨量，这么一算也仅仅就湿了个地皮，太阳一晒，又蒸发了。即使留下来点儿，因水在表层，蔬菜的根系又向水而生，就会盘踞在表层不往下扎，这对于菜后期的生长并非好事。认识到这个问题后，当干旱的日子再碰上这样的"毛毛雨"，我们便会在雨后，马上给菜地补个二遍水，保证浇透。借上雨水，又能培育出健康的根系，才算是真双赢。农耕的实践，需要因地制宜，在山上"涝浇园"从此变成了"雨浇园"。

我们的活学活用，受到了大叔的肯定。终于给旱稻除完了草，他在地里伸了个懒腰，冷不丁冒出一句："处暑不出头，割了喂老牛。"意指我们的旱稻要是到了处暑节气还抽不了穗，今年的大米就吹了。我以为这又是他的冷幽默，哪知还真被说中了，因为前期浇灌不足，稻秧生长迟缓，年底一粒大米没结，就剩点儿稻草当覆盖物了。

稻子失了手，就拿麦子补，总得自己种点儿粮食。每年10月初是冬小麦播种的时节，我们约了一台大机子，连起田埂带播麦种一次搞定。之前都是靠天吃饭，产量不稳定，今年想有个靠谱的灌溉办法。种麦子的地面积约三亩（≈2000平方米），平时用作放羊的草场，每隔两三年种一次粮食。因电力受限，大水泵在山上带不动，喷灌和滴灌都难以实现。大叔给我出了个主意，说是无需耗电，也不用水管，一把铁锹就够使。"咱挖龙（垄）沟！"他口中的龙沟指的是人工开挖的水渠，利用水往低处流的特性，将机井抽上来的地下水用沟渠引到每块小麦地里，实现灌溉。

草场东西长，南北窄，被分成了八块东西走向的长条地，以田埂围合。打眼一看，大叔很快确定了草场东高西低的走势，随即叫上我沿着地块的最东侧挖出一条条短沟来。每条沟的长度即每块麦子地的宽度，沟与沟之间保留土埂做区隔。大叔说在走水之前，这些沟还不能贯通。别看七十岁的大叔瘦小枯干，沟挖得标致，速度整快我一倍。"别忘了在短沟和每块麦子地之间的田埂上开个豁口。另外你这地南北好像也有点儿坡度，一会儿越往南的沟，记着周围的土埂要培得高一些。"大叔没顾上多做解释，等我稀里糊涂挖完最后一条沟，抬眼一看他已走出老远。原来因为这麦子地东西向太长，他担心水漫不过去，便把每块麦地都均分成了三份。我们如法炮制，继续挖出平行的第二和第三组龙沟。

此时，地里的出水口呲呲作响，井水一点点将管道内的空气排空，水柱"噗"的一声从水口顶出，顺着事先挖好的沟渠，向第一组龙沟汹涌而来。不一会儿，水流进了

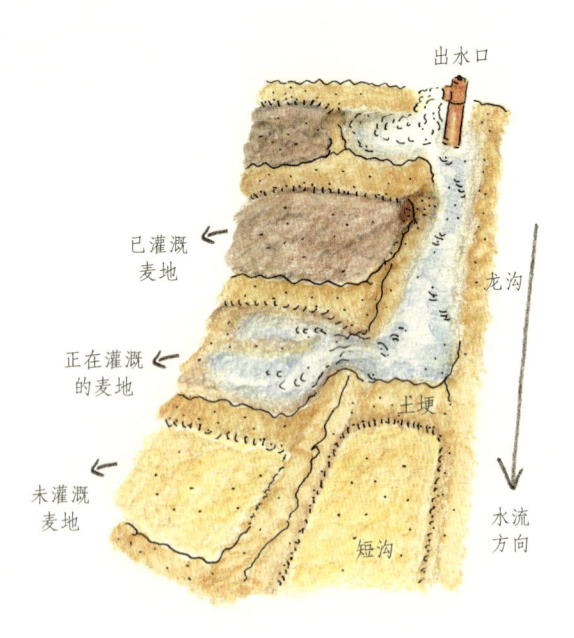

龙沟浇灌示意图

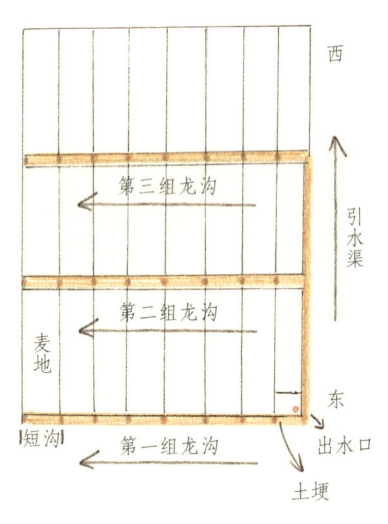

小麦地块示意图

第一条短沟，并随着涨水，由事先开好的豁口溢流进入相邻的麦田。短沟作为缓冲带，让浇灌变得从容有序，也让水流从汹涌变得平缓，减小了对地表的冲击。大叔早已打好赤脚，顺着田埂边走边利用铁锹在地里挖东补西，导引水流。碰上流速太快的位置，还得打土埂，改水道。当然也免不了时常给田埂劈土，避免跑水。总之，就是要在各种突发状况下，动态掌控水的流速流向，尽可能保证整块地的麦子"雨露均沾"。

终于第一块地灌完了，大叔快步走回，用铁锹将第一和第二条短沟之间的土埂挖开，使之连通，与此同时迅速将第一块麦田与短沟间的豁口封好土，将水流全部导入第二条短沟，很快水流便顺着豁口进入第二块麦地。大叔冲我递了个眼神儿："懂了吧，后边这事你负责，我就不来回折腾啦。"就这样，随着最后一条短沟的打开，第一组龙沟终于全线贯通。此时，大叔将事先挖好的通往第二组龙沟的引水渠打开，我则同步将通往第一组龙沟的水路堵死。不一会儿，水就顺着地形一路向西，奔下一片地去了。那一上午，我们两个人，三组龙沟，二十四块地，一气呵成。

整片麦子地被浸润成了深棕色。土壤中的水除了被种子吸收，随着时间推移，表层的水蒸上了天，深层的水渗入了地，上天凝为雨雪，径流汇入湖海，如此循环往复。水的天性本就"好动不好静"，我们为菜地制定浇水方案时，便要根据不同的年份、土壤、气候、植物，以及本地的设备条件来综合考量，动态修订。与其求一套别人的"标准"答案，不如把自己置身于这份变化中多多感受，寻找关联，答案其实就在身边。我折服于大叔的龙沟浇地法，更佩服他在实操中对于地形水土的了然通达。长期与自然伴生的农夫感官敏锐，亦精通于身边要素的灵活运用，许多被认为需要"买买买"才能解决的问题，在大叔看来无非是一人、一土、一水、一铁锹而已。

搭菜架

说到给蔬菜搭架,这恐怕是历史最悠久的"设施农业"技术了。在自然系统中,本就存在不同类型的植物群落。乔木高高大大,灌木相对低矮、分枝丛生,草本植物则贴近地面密集生长。爬藤植物应该算是另辟蹊径的一类,最擅长借着别人的肩膀追逐更多的光。在蔬菜中,也不乏爬藤植物出身的,那些勾动食欲的瓜和豆背后,多是它们或弯弯绕绕,或绵延匍匐的茎。农田里没有大树借力,为了避免这些家伙在生长中纠缠不清,还能收获更有品质的果实,蔬菜架就成了低成本、轻量化的最佳解决方案。

每年过了谷雨,镇上五金店门前的空场上便摆起了给菜地搭架的竹竿,二三十根一捆,十几块钱,自己拉走。

节俭惯了的农户则更爱那些农地周边的桑、榆、杨、椿，甚至修剪下来的果树枝杈，随便划拉划拉，劈劈削削，都是搭架的好材料。搭架的方法可繁可简，无论是就地取材，还是购买现成的园艺支架，原理都是在地面上支起一个稳固结构，通风透光，既利于蔬菜攀爬，又便于农夫采收照料。

在山上的菜园里，我们一直搭建的是简单实用的人字架，这也是附近农地里常见的样式。只需将两行支杆左右排开，每根杆的一头削尖，在下雨或浇地后，趁着土松斜插入地下。支杆的另一头甩在空中，于高处左右交叉，其间由水平穿过的连接杆贯通，三者的交会处用麻绳捆扎固定，形成"人"字结构。最后在两侧腰线处加绑第二道连接杆，辅助加固，便大功告成。随着蔬菜藤蔓向上爬，中间分几次用麻绳与支杆松松绑住，既帮菜挺起"腰杆"，又不限制茎的增粗。

地里每年需要搭架的蔬菜代表有菜豆、黄瓜和番茄。一般等小苗长到一拃以上的高度，开始晃晃悠悠，便要用支杆固定。菜豆的茎看似细弱，却韧性十足，我们种植的是蔓生品种，随着植株长高，其柔软的茎一边伸长，一边左顾右盼，寻找靠山。有一年因为搭架太晚，焦急的豆秧没了方向，只好邻里"互助"，绕出一地的双螺旋，难以收拾。此后我们都会注意及时引导，保证豆秧与支杆顺利接头，菜豆一旦上道，便会自行借力，绕杆而上，其间只需时不时捋捋方向便可。

与菜豆不同，黄瓜爬得高并非靠茎自身缠绕，而是凭借叶腋处生出的卷须。这种由茎特化形成的"触手"左摇右甩，四下打探，一旦发现抓手，便牢牢攥住。此后长长的卷须被压缩成一圈圈带劲儿的"弹簧"，黄瓜就借着这一次次卷须牵拉的"引体向上"，帮植株不断爬升。不过黄瓜的幼苗毕竟脆嫩，在生长前期为避免受伤，我们还是会辅助绑蔓两三次。随着植株变壮，卷须数量增加，抓握和承重能力飙升，此时的秧子不再需要协助，即使瓜满枝头，也能稳稳支撑。每次路过菜地，我们都会朝这边瞟一眼，总想捕捉到黄瓜这些惊人的小动作。可它们就像"一二三，木头人"里的小朋友，每次看过去，明明就是动了，却又像什么都没有发生。

黄瓜的攀缘茎   *菜豆的缠绕茎*

这么比起来，番茄就显得笨拙些，既不会缠，也不能抓，全靠我们勤勤恳恳，一次次绑绳才能摽着杆长，就数它最费工。但换个角度，番茄的匍匐茎配上易生不定根的特性，貌似竖着长并非它的本意，毕竟野生番茄也没有爬树的本事。如今为了提升种植密度，便于栽培管理，原本走地的野番茄被架上了天，多点儿辛苦也在所难免。跟番茄正相反，像南瓜、冬瓜一类，虽和黄瓜一样有着攀缘的卷须，却常被安排在田间匍匐生长。如果引它们上架，不仅架子的材料和结构要格外结实，还得想法子保护好它们硕大的果实。村里人种这类大瓜可不会这么费事，多是找块闲地，任其肆意生长，只要霜打前顺藤摸瓜，及时采收即可。就算没有整块空地，道旁、边沟，甚至墙根底下皆可利用。一粒种，一棵藤，三五个瓜尔尔。

与番茄同属茄科的菜椒处境则有些尴尬。它的植株相对低矮，茎直立，本该靠自己就能站住。可随着果实增多，秧子开始头重脚轻，风雨过后常常左歪右斜。以前我们主打一个顺其自然，想让菜椒凭自己的实力支棱起来。后来发觉行不通，植株生长受影响不说，贴地的果实还容易烂，有时几乎整株躺倒，连通行的田埂都被挡得死死的。一棵站不住脚的菜椒背后，到底经历了什么？我们带着好奇心查阅了菜椒祖先的资料，发现它的样子很不同，鲜红色的小果冲着天长，成熟后迅速脱落，便于种子繁衍传播，那会儿的它只为自己活。可自打人类接手，为了我们的需求，菜椒果实的个头越变越大，垂向地面，并且不易脱落，直到某一天，它的茎秆再也撑不住人们的口腹，只好"挂拐"。如今，我们都会未雨绸缪，在它们开始坐果时加上支杆，每棵三根仨方向架起来，一行行菜椒就这样被种出了行道树的阵仗。

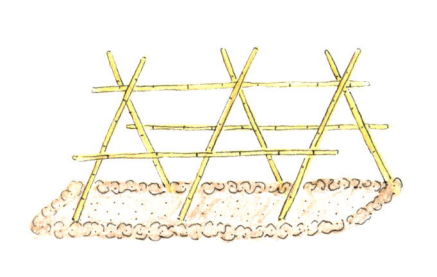

人字架

菜椒支架

虽然搭架的活计不免枯燥，但长期务农的人早已在生活中沉淀出了许多变通与巧思，让一座棚架撑起的日子格外生动。在山上的菜园，我们每年都会将芹菜拼种在菜豆架下，荫蔽的环境和菜豆分享的氮肥总会让它们长势喜人。在山下的小院，农家在正房前用粗细竹竿、吊绳、挂网组合搭建的凉棚，夏季藤蔓铺满棚顶，果实悬垂，既为农舍降温，又方便一家人聚餐乘凉，羡煞旁人。院墙外那些不宽不窄的闲地，更可随手点上三两行玉米，在每株玉米旁再按上两粒扁豆。如此一来，玉米蹿高拔节的同时成了活爬架,扁豆正好借势而上,入秋后便能收获满满,一举两得。小小一片蔬菜架,用相互支撑的结构,导引着植物蜿蜒的智慧,担起劳作后的累累果实,更让农夫得以探寻顺势而为的妙法,生活才好从容不迫。

野草、腰与膝盖

人工除草有多辛苦,真是谁干谁知道!

有一回因为干旱,春夏之交播下的旱稻种子很长时间没动静。眼看等雨无望,赶紧请来有经验的师傅,仨人忙活一整天才把田地浇透。头顶骄阳,我们盼着稻种萌发,但埋伏多时的野苋菜竟然速度更快。也就三两天,幼苗便撑开绿中透紫的小圆叶,仿佛天降神兵,密密麻麻占满了田块。还在错愕的当子,浇地的师傅路过,劝我们趁稻种还没发芽赶紧除草,不然以后田里啥也剩不下。可偌大的田,该如何下手呢?师傅说不能用长把儿的大锄,刨完草,稻种也给翻出来了,影响出苗。这时候只能蹲地里,用开了刃儿的移苗铲切入种子下方的土层,快速一划拉,把野苋苗齐根儿切断，稻种还能留在原地。我们赶紧照做，手上忙活，腰也暗暗发力，脚下还得深蹲前行，没干出多远就想起身缓缓，腿和腰仿佛要罢工，一阵突如其来的酸胀僵麻让人哎哟连天，身上好一阵子才拉开栓。

这还不算什么，倘是一拖再拖，没来得及把野草扼杀在摇篮里，后面花的力气可要倍增。头一年没经验，花生种子买多了，又不想浪费，最后种了好大一片，除草进度跟不上，到了雨季都被封严实了。花生比不了能迅速长高的玉米，秧苗被堵在夹缝里，像是受了欺负的孩子可怜兮兮。此刻，工具不得使，只能靠手薅。湿热的天气，磕磕绊绊蹚进地，人埋在草中，享受蚊虫。忽然不知什么掉进脖领子里，痒扎扎的，伸进手去边掏边挠，另一只手猛地拽出一棵灰灰菜，却不小心带出个花生苗。心中懊恼，向旁边一甩，又被身后拉拉秧上的钩刺刮到，胳膊不一会儿就鼓起一长串包，辣得生疼。我们连着干了两天，实在熬不住，干脆请来四位大婶一同会战。这类农活儿，村里的大婶比大叔们擅长，这几位又在绿化队打零工，都自带手套、套袖和高筒雨鞋。她们双手配合熟练，左右开弓，速度奇快，根带出的泥土还不忘抖落原地，尤其是碰上大草，都会先踩住花生苗，再用力拔除，确保零误伤。婶子们干起活儿来，时而蹲，时而半跪，时而起身猫腰，不断变换着姿势。她们说总一个干法儿容易累，这样轮换着使劲，腰和膝盖都有个缓儿。不过，即便这么专业的队伍，把整片地都薅完后，也是腰疼腿麻眼发黑，一个劲儿地嘱咐我们，明年务必早动手！

薅草这差事，对偶尔体验的人来说还挺解压，但见天儿与土地打交道的农民师傅可不这么想。成了势的野草，即使大快人心地除了，最终被抢救出的秧苗长势也会大打折扣，往往费力不讨好。记得上次大婶们教导我俩要趁着刚长出"草毛毛"那会儿就下锄，事半功倍还省劲。接受花生的教训，在按标准行距条播的旱稻间，野草刚一出头，我们二话不说，赶紧上大锄一顿咔哧。不敢说锄禾日当午，但至少也要借上点儿焦灼的日头，避开雨露，免得它们扎根重生。使用大锄的好处是将下蹲和弯腰的辛苦，分摊给了核心和胳膊，可毕竟把儿长难控制，容易伤及无辜。经常来地里帮忙的大婶想了个法子，她膝盖不好下蹲费劲，就趁着稻秧不高时搬来马扎，支在行间，手握小锄坐着划拉，既省了腿，又看得清楚，减小了伤耗。然而这样的"撅式"除草，因身体的弯折，腰受的罪还是不少，她也是站着干会儿，坐着干会儿，长短锄头交替着用。

对付完行间草，便轮到最难办的苗间草了。野草们深知为了活下去，不能光比猛，障眼法也是它们的深谙之道。禾本科的野草最擅长这招，没办法，谁让咱老祖宗选育的粮食品种大都出自这个家族呢。随着地里的旱稻长高，周边开始不断冒出马唐、稗子、牛筋草等一堆禾本科的"小李鬼"，与稻秧颇有几分相似。说实话，种了这么多年地，到现在我们在分辨刚出土的禾苗和其他禾本科野草时，还是会有迟疑，直到它们长出一指头长。旱稻的叶片浅绿，窄而尖，直挺挺地向上拔，而周边那些色号不同，叶片耷拉，着急分枝的伪装便渐渐藏不住了。这些苗间草的数量虽不大，却要求农夫时常巡查，并在无数个蹲起中逐个击破，费手、费腿、费时、费眼。我们的蹲功大抵就是从那会儿练出来的。

旱稻、牛筋草和稗子（从左到右）

田里的草除起来费人，路上的草除起来费油。汽油打草机的出现的确让人省了不少劲，除个别地形不便的区域需砍刀辅助，它强大的动力和根据草木类型灵活更换的绳头、轮片，便捷高效，一扫就是一大片。当然，这也会带来其他问题，比如耳畔持续高强的轰鸣音，被啪啪弹回身上的草茎石子，以及负重之下腰部频繁转动带来的伤痛，等等。雨鞋、面罩、皮围裙，几乎是打草防护的标配，但酷暑之下，这堆护具再一上身，那股子暴汗和草末交织的憋气窝囊劲儿就甭提啦。

很多人在描述自己心仪的户外环境时，总会提及平坦开阔的草坪。甚至有一种浪漫的说法，由于人的祖先来自非洲大陆的稀树草原，当我们看到这些草坪时便会觉得心旷神怡，这是流淌在血脉里的乡愁。然而，这令人愉悦的景观背后，如果没有一台怒吼着的、高速旋转到发烫的打草机，它们的样子一定不输爱因斯坦的一头乱发。在自然的语境下，无论是非洲的热带稀树草原还是横贯欧亚的温带草原，莽原之上的劲草，高度多在一米以上，参差错落，那里其实是纷繁复杂之地，要容得下虎豹豺狼才行。而草坪和田地一样，都只是我们在自然里的开垦。

可自然并不甘于被开垦，它有着自己的盘算。种地多年我们发现，越是田间地头、道路两旁这些常有人畜扰动的地方，越容易有大量野草滋生。野草的生存哲学并不复杂，只要能跟上人的脚步，并跑赢他们的庄稼，便能一直活下去。肆意生长的野草，特别是那些一年生的，实际是相当柔弱的植物。在稳定的森林系统中，它们因缺乏竞争优势往往不能占据一席之地。高大乔木的遮阴，加上茂密灌丛和宿根草本植物的挤压，都是田间野草不能承受之重。只有当农业文明驱赶着豢养的牲畜，推倒森林，开辟出农田和道路时，这些植物才能迎来曙光。

北京多山，有不少分布在沟峪深处的自然村落，近些年外迁到平缓开阔之地。人的退出往往会带来自然而然的演进，我们常会去探访这些山林的变化。新村周围仍有开垦种植，地里的野草种类与我们的农田无异。而从新村回到老村的路上，多年生的蒿草和灌丛便大举出现。穿过废弃的村舍，行至山的深处，一般都要开始爬坡，这里也是人的活动最先退出之地。越高的地方自然恢复的次生山林长势越好，林下的落叶层中则草木稀疏。如此看来，野草更像是大自然的信使，每一年都会出现在人们开垦的土地上，仿佛在提醒这是向森林借用的，同时又像在探查我们的近况。一旦人们有了怠惰或选择退出，野草就会年复一年地把田地占满，并将演替的接力棒继续向后传，灌木，乔木，最终，一块撂荒地又会重新回到自然手上，那是一片重生的山林。

我们其实都是大自然的"佃农"，只是它足够慷慨，从未取过分文。但越是这种超越收益关系的契约，越依赖明智和自律。无论我们在这片土地上开拓出何等的辉煌，都不该忘记这份关系的实质。除草是给自然的回信，我们可以表达继续承担责任的决心，但不必带着任何责难，即便腰和膝盖早已酸胀乏力，毕竟野草因我们的开垦而来。如若说除草是一场对抗，那也是我们与自己的。

天有不测风云

在山里过自耕自食的日子，看天吃饭是常态。我们手机里都安装了好几个气象App，有事没事都会轮番查看。然而，随着天气越发无常，曾能准确预报突发降雨的一众应用竟都大不如前。比如一夜大雨过后，早晨起来已是烈日当头，然而App却在一遍遍刷新后仍坚持提示此刻"阴转多云，气温26摄氏度"，直到人被热出一身白毛儿汗，才慢半拍地改为"气温32摄氏度，湿度大，易中暑"。其实不仅是应用失灵，城市气象预警系统也常常发挥不稳。突如其来的一片乌云，带来两三个小时60毫米的降雨量绝对算暴雨，却没有任何预警。相反，当铺天盖地的橙色预警让大家都在严阵以待时，那雨却最终下成淅淅沥沥的尴尬。

  除了让人捉摸不透的雨，气温也节节攀升。头一两年，靠着开窗通风、吹电扇就可以安然度夏。那时的夜里总有小凉风，后半夜还得把被子往身上拉一拉。后来夏天越发炎热，我们采买了凉席，才算对付过去。直到2018年，最高气温常常飙升到35摄氏度，人热得不想动，采收的蔬菜和鸡蛋也越来越难以在室内保鲜，我们只好安装了空调。果然，此后不仅升温继续，降雨也越推越迟。往年夏至收了麦子，再播玉米时总会有两场像样的雨，有了风雨

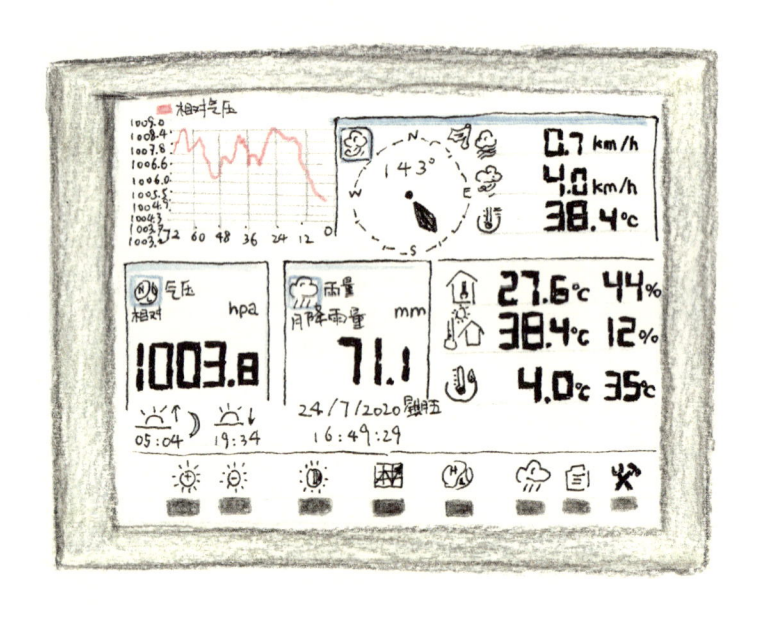

气象站数据面板，2020年高温纪录（38.4℃）

自然就能凉快些。可渐渐地，到 7 月中都未必能下来一场透雨。2020 年首次在山上记录到超过 38 摄氏度的高温，第二年端午节甚至上了 40 摄氏度。2024 年夏天更是催生出气温超 36 摄氏度、湿度高于 75% 的强强组合，空气常常静止不动，像吸饱了水的汗巾黏嗒嗒的，只盼着一场干净利落的秋风来斩断这溽热。

我们也曾以为这样的气候变化无非是带来更热的夏天，可眼见着农作物的生长也随之日益艰难，只能急在心里，累在身上。每年我们会在谷雨点豆，随后多少能有几场雨，我们再伺机播种玉米。然而，随着入夏后降雨一再推延，加之激增的夏季高温，无论菜苗还是更为抗旱的玉米都会在生长期遭受严重威胁。山上本就缺水，此时收集雨水又入不敷出，浇地只能靠有限的水窖存量和一根水管。即便覆盖稻草能降低地温，减少蒸发，但赶上春夏连旱的年景，人工浇的那点儿仍是杯水车薪。最近几年，为了维持作物正常生长，浇水的工作量至少增加了三成。即便如此，在异常干热的 6 月，玉米还是会长成"小老头"的样子，刚到半人高就扬花秀穗儿了，自然结不成像样的玉米棒子。面对高温，架豆则更惨，往年连筐带篮子摘都摘不完，最近这三四年的豆荚数量直线下降，大批落花的场景也屡见不鲜，夏天再无豆角焖面。7 月下旬好不容易送走了旱情，结果一场塌天大雨倾盆泻下，又演变成旱涝急转的悲惨结局。风雨过后，蔬菜架子倒下一片，玉米们靠着强大的支柱根，秀出 45° 的前倾舞步，歪得销魂。如果再算上库房和鸡舍漏雨产生的修修补补，我们在暴雨过后收拾残局的工作再加三成。

这样的夏天，不仅影响农作物的生长，还会带来频繁且更难预测的强对流天气。气象界的说法是，夏季暖湿气流越强盛，冷空气到来时的碰撞越剧烈，灾害性天气也就越容易出现。2022年6月11日，望着满树金灿灿的大甜杏，看着备好的有机砂糖和玻璃瓶，我们正盘算第二天要开始做杏酱了。西边天空突然升起浓厚的积雨云，天空仿佛一下子铺上了厚厚的灰色棚布。风也紧随其候地扬了起来，无论是乔木、灌丛还是地里的庄稼都被大风的气势压弯了腰，细弱的枝条揉作一团。此时，App显示暴雨预警，我们不敢怠慢，赶紧把山上安顿好，下撤到村镇。时至傍晚，远远望见乌云已压满农舍所在的山谷，似乎还有些若隐若现的翻腾，像极了古代战车扬起的沙尘。短暂寂静后，云层里猛地发出低沉的轰鸣，然后是更加激烈和频繁的炸响，伴着电光火石般的迸溅，万千雨滴在风的裹挟下变成利刃，死士般砸向地面，有去无回才是它们的宿命。

转过天来，担心山上的杏子，我们早早出发，迫不及待想看看气象站记录的降雨量会有多大。行至半路，山道两旁掉落的枝叶让我们不安起来。"风也太大了，把树枝都摇断了！不对呀，这地上怎么跟刚放过鞭炮似的，烂叶子铺了一层？"我们加速赶到山上，把车停在大桑树下，一开门便发现不对劲儿。首先是一股扑面而来的凉气，灼热的6月，这样的温度实在反常。再一抬头才发现桑树朝

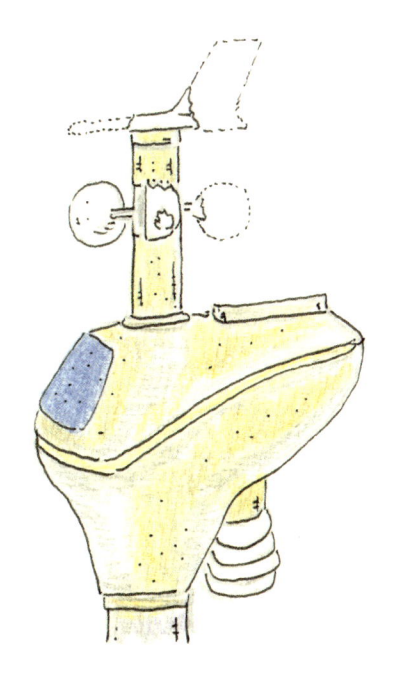

被冰雹砸烂的气象站

北一侧的树枝变得空空荡荡，无论树叶还是桑果都被狠狠拍在地上摔得稀烂。那摊开的烂泥里还依稀残存着些冰渣渣，这不会是下雹子了吧？！我俩一对眼神儿，一个拔腿去菜地，一个径直奔果园，巡查的结果让心凉了大半。山上熟透的杏子一颗没剩，全被砸掉，此刻甚至在地上都看不出半点儿踪迹，恐怕是在暴击之下入土为泥了。地里的菜几乎全军覆没，原本苗壮的菜秧，大都从3D被砸成了2D，只剩下单摆浮搁的架子。地三鲜组合被打成了光"秆"

被折断并砸成"叶泥"的红菜头幼苗

司令。就连屹立不倒的玉米,所剩不多的叶子也被扯成头发丝儿缠在一起的邋遢样。缓了缓神儿,我们又对农地里的设施逐一排查。温室的棚膜被砸出许多窟窿,库房迎风面的彩钢外墙上冰雹擦刮过的痕迹,像是被无数利爪挠过一般。后来听邻居讲,当时的雹子很急,有一阵还有鸡蛋大小的,把一切都砸得叮叮咣咣,有些屋顶的瓦片都被砸坏了。这哪里还是冰雹,简直就是炮弹!

　　望着满目疮痍的农田,心里有好一会儿都是空白的。没等悲伤的情绪涌出,相熟的大叔前来宽慰:"雹子砸的地更旺,这刚6月上旬,抢种一茬来得及。"的确,天有不测风云是无法控制的自然力量,与其悲天悯人不如好好算计,生存的机会不都是在见缝插针里得来的吗?这一次,香草园的损伤并不太大,估计是大桑树的树冠阻拦了部分冰雹,算是不幸中的万幸。土豆和洋葱本就到了快要收获的时候,地上的秧子即使被雹子砸了,也不耽误收成。

而像红薯、花生之类，因为生长周期长，东山再起还有机会。受灾最严重的还要属瓜、豆和脆嫩的叶菜，已然无力回天。好在这场雨终是下透了，我们顺势在松软的泥土上追播下新的种子。换作春季，即使精心呵护，种子也常要一两周才有动静，然而眼下，不过两三天便纷纷破土。一周后，小苗竟一行行地长出了整齐的模样。更令人意外的是，我们刻意保留的几棵光秆茄子、番茄和披头散发的玉米也都纷纷抽出新芽，仿佛摔倒后刚从地上爬起来，一边掸着土，一边说着"没事没事"。看着日渐恢复的菜园，我们也似乎收获了力量，不再过分担心那不确定的未来，因为生命的本质即是不断地生长变化，以变化应对变化才是最好的办法，这该是一生都要努力去做的事。

---------- TIPS ----------

不同降雨量在沃思花园的作用

（根据小型气象站的数据和日常观察总结）

＜5毫米	刚刚湿个地皮
5—10毫米	叶菜有点儿用，果菜不够喝
10—30毫米	春天能下两场这样的雨，圆白菜和菜花会很开心

30—50毫米	蔬菜地透了，可大叔说对果树还远远不够
50—80毫米	旱稻扬花的及时雨
＞80毫米	如果非得来，也请雨别太急，风别太大，不然扶玉米、锯倒木、立菜架、修梯田……想想就头大

十年来，沃思花园24小时降雨量最高纪录为181.8毫米（2024年7月30日）

第三章

膨胀与炸裂

开花不结果,到底谁的错?

"嚯,你家这棵大桑树结了这么多果?"

"每年都这样,5月底6月初就有,桑葚根本摘不过来,等红变了黑,超好吃。"

"肯定是你们管理得好。我家门前也有一棵,这些年了,光长穗,就是不结果!"

"我们其实也没怎么管……你家的八成是棵雄树吧?"

"啊,这还分公母?!"

"哈,不光桑树分,"我指着不远处的一棵银杏,"这棵也是公的,只开'花',不结果。"

"哎呀,这误会闹的!"

这是几年前我与一位访客的趣谈。那日下山前，他表示事不宜迟，回家立马要给桑树种个"对象"。其实，类似的误解是常有的事。刚开始种黄瓜时，一架开满黄花的瓜秧让人觉得丰收在即。可没过多久，许多被我提前计入产量的花陆续凋落，只有些尾巴上挂着"小不点儿黄瓜"（子房）的最终结出大瓜。通过观察，我发现黄瓜的花区别于一般常见的两性花（一朵花里既有雄蕊又有雌蕊），而是与桑树一样分了雌雄，只不过，黄瓜的雌花和雄花都生长在同一棵瓜秧上，那朵从"小瓜"上开出的便是雌花，花芯中孤独的雌蕊热盼着小虫们从雄花打包来的花粉，完成受精，奋力结瓜。而雄花只生雄蕊，结不出瓜实属正常。一花一瓜的憧憬，只怪我太天真。

3月末4月初，是杏花开放的时间，山上果园里栽种了百余棵杏树，每年这个时候都会开出连片的雪白，每朵花上还带点儿晕开的粉，把清冷的山坡扮靓许多。与桑树的花完全不同，出身蔷薇科的杏树开出的是两性花，与我们在生物课本里学到的桃花的结构基本相同，堪称花界模特儿，从下到上依次是花托、花萼、花瓣和花蕊。为了更优秀的下一代，杏花并不甘于就近凑合，和黄瓜一样，都会献出花蜜，邀请各路虫媒来帮它们异花传粉。正常情况下，5月初的杏树上就会现出许多小青果。为了能获得更大的、方便访客采摘的果实，本地农户常会在杏子刚刚挂果时适当疏除。刚到山上那年，由于我们经验不足，山地的老主人便热心地约上两三个婶子来帮忙疏果，一连好几天才把所有的树干完。虽是帮忙,我们还是坚持给了工钱,但等杏子成熟后,我们却犯了难。短短十几天的采收期,哪里摘得过来?卖给水果贩子(收购商)更不划算,什么活儿都自己干,一斤才给6毛,简直稳赔不赚!

转年又到了杏花开的日子,我和蚊滋滋看着枝头热闹的春意正发愁,忽然就来了一场冰冷的雨雪。天气转好,在路上碰见之前的大婶,刚想着如何婉拒对方继续帮忙的提议,结果听到:"这回不用疏果了吧?那花儿都冻了,还能有啥杏儿呀?"

"啊,这花儿还能冻咯?冻了就不结果了?"

"是啊,果树开花儿就怕冻,杏花儿、桃花儿在春天开,最容易遇上倒春寒。开花结果的事,全看老天爷的脸色。"

那年夏天,枝头的杏子确实少了很多,但也因此分得更多养分,留下的个个是精品。我们也是从那时开始做起杏酱,好不容易收获的时令美味,值得花些时间封存起来慢慢享用。

杏花结构特写

与杏花不同，大田里的玉米花就很没有花的样子。玉米在播种出苗后，节节蹿高，到了生长的中后期，雄花穗在玉米秆的顶端炸开，像只疙疙瘩瘩的大鸡爪子，踩向天空，此时玉米正从旺盛的营养生长转向生殖生长。紧随其后，在茎秆腰间的叶腋处，尚未受精的小玉米头儿开始现身，并当啷出浓密的"胡须"，这是雌花穗吐出的花丝。如此错落的安排，低调的花型花色，甚至闻不到任何气味，看来授粉这事，玉米压根儿就没指望昆虫，而是将全部筹码都押给了风。成熟雄蕊产生的花粉，随着流动的空气，从高处飘落，惠及四下，每一根被命中的胡须背后牵连的"小花"，最终会努力长成一颗饱满的果实（玉米粒）。

玉米授粉中

求风不难，但想要一整根玉米棒子上粒粒饱满，也并非易事。我们种植的是鲜食玉米，大概需要三个月的生长期。以前为了抢农时，我们不到谷雨便下种，那时土地干旱，每个种植穴还得给上一瓢水。自玉米出了芽，春雨下得一场比一场敷衍，大片的地浇水又难，玉米拔节缓慢，好容易挨到扬花时节，又遭遇突发的"卡（qiǎ）脖旱"。农家的土语生动写实，那段日子连天干热，不仅考验着玉米的忍耐力，也彻底击碎了我们继续蹭雨水的美梦，最终那一批收成个头小产量低，还有好多缺粒、瘪粒。查资料发现，玉米在这个阶段赶上连续的高温干旱，会扰乱正常抽穗的节律，导致授粉不充分。看来此地的气候，加上灌溉条件，早播未必是优选，人苦玉米更苦，投入产出不成比例。

后来听村里人说，在山上播玉米不必赶早，等一场透雨后再下种，事半功倍。于是，我们这次决定保守行事，直到5月底才播种，种子借着水汽，比之前早发芽好几天。小苗没等旱几天，下一波降水就又接上了，果然省心。玉米秆迅速拉长，叶片次第展开，每一步都比想象得要快！到了7月下旬，山上的雨水更多更猛，且连绵不绝，幸好玉米田的地势高，排水好，不太担心涝害。持续的降雨让我们在屋中闲来无事，感受着靠天吃饭的美好。9月采收前，我们钻进玉米地想掰几个尝鲜，手里却摸出了坑坑洼洼的异样。剥开一瞧，各种"断行""斑秃""嘟着鬼脸"的籽粒矩阵在玉米棒子上肆意排开，有的甚至就没几个粒儿，怪咖率比上次还高，我俩彻底傻眼。后来一掐算才明白，与遭遇高温类似，这次玉米扬花赶上北京的最强雨季，连雨天不仅对于传粉不利，也会让花粉的活力大打折扣，那些光怪陆离的长相，说到底还是播种的时机没选对。

吃两堑长两智，为了"逃避"浇水，又能让授粉期躲过高温或连雨，如今再种鲜食玉米，我们会优先选择在6月底播种，这样一来前面正好搭配一茬耐旱的土豆或小麦。玉米在果穗成熟时还能赶上日渐凉爽的秋天，一般虫害较轻，收获的玉米品相好，味道佳，开花不结果，再没碰上过。

北京是个四时分明的地方，花开花落更迭有序。农夫顺应时令，守护作物完成它们精妙的生命旅程，同时收获愉悦自己的果实。然而，并非所有的绽放都会修成正果，即便共同走过了艰难的一路。比之于硕大丰满的果实，更珍贵的该是那些周而复始的努力，那些在焦灼日头下依然坚持扎下去的决心，那些在暴雨滂沱后重新挺直的腰杆。有些时候，有些事情，需要"只问耕耘，不问收获"。

咔嚓咔嚓，"修"成正果

刚种菜时，我们与不少打了鸡血的新农人一样，自觉精力无限，恨不得把每一寸土地都铺满。等冲动一落地，才发现蔬菜种植原来如此耗神，面积越大，品种越花，精细的管理便越跟不上。种着种着，丰收的目标渐渐沦为"保活"，地种得越满，菜长得越惨。

而蔬菜的修剪作为无关生死又相当耗时的操作之一，在那会儿根本排不上队，地里的果菜，尤以番茄为代表，能顾上除草浇水就不错，雨季一到，就再没怎么管。等去采收时，才发现番茄地里长势"喜人"，肆意生长的枝杈绞成一坨，从早先绑蔓的位置垂下头来，阻挡通行。一些被风雨扳倒的支架上，枝条贴着地皮转为匍匐，与泥土勾搭出白花花的不定根。无论何种形态，结出的果实都同样惨淡，个头小，数量少，青的多，红的少，好不容易看见俩熟透了，一摘背面还是烂的。开始我们以为是大批成熟的时机未到，可随着越发密不透风，光线受阻，落花落果的状况频发。"好家伙，还说来瞧瞧你们柿子打头了没，这倒好，连杈都没打。"邻居大婶路过地边，先是吃惊，紧接着一通嘲讽，"这才真叫原生态，不用农药，不用化肥，连人工都省了！"当时不太明白她说啥，只感觉我们和番茄，把她气够呛。大婶见我们是真不懂，便要了把剪子，一边忙活一边念叨。原来她说的"打头"又叫"摘心"，说的是去除顶芽，而"打杈"则是去除侧枝，这些都是番茄种植中必要的操作。不过再精彩的示范教学，也唤不回眼前番茄的颓势，大婶出手太晚，低产已成定局。

往后几年，我们识趣地缩小了种植面积，腾出更多时间留给番茄，或者说是留给修剪。经过大婶的指点和不断实践，我们逐渐找着点儿感觉。对番茄而言，从种子萌发到苗期是"长身体"的重要阶段，每一片新生的叶都是一座能量工厂，叶子越多，秧苗的基础打得越好，此时不忙修剪。待植株开出第一朵花，即标志着番茄的营养生长与生殖生长开始携手前行，打杈便可正式开启。在番茄旺盛的生长中，主茎与叶片间会不断冒出侧芽，这是它骨子里的任性。如若放任不管，不仅主枝上开花坐果的养分被分流，下方叶片无法采光，闷热潮湿的环境也会得到病虫害的青睐，产量自然损失。因此，打杈需要伴随着番茄的成长持续进行，差不多每两周就得来一回，通常跟绑蔓的工作合一块儿干。虽说夏季的农活儿多是选在凉爽的早晚，但为了避免枝条创口受潮染病，我们还是会挑个大晴天，在中午前后顶着草帽下地。一般情况下，长到小拇指长度的侧枝，是打杈时的最爱，既不会产生太多消耗，操作时也只需轻轻一掰，便可与主枝爽快分离，手指不沾创口，还比用剪子顺手。

番茄随着主枝长高次第开花，自第一串花穗之后，基本每隔三片叶便长出新一层的花穗。我们以往顺其自然，无论每层开多少花，结多少果，都原封不动，照单全收。但这样收获的果实相对小，挤在一起长，伤耗也会增加。年轻的秧子刚参加工作就要供好几套"房"，肯定得累趴下。以前大婶帮我们给杏树疏果时，应该也是这个理儿，怎么轮到番茄就不会举一反三了？后来我们不再心软，无论第一穗花结多少果，都本着去病、去弱、去密的原则进行疏除，就留3颗好的，之后随着植株日益强壮，越往上的花穗留果量也适当增加，最多每穗5颗。与此同时，适时摘去主枝底部变黄的老叶，减少消耗，也能降低病害风险。当然，受限于果实的生长周期和本地小气候，倘若任主枝无限长高，不光架子不够使，对于产量也并无益处。在山上我们一般会在番茄抽出第六串花穗前进行摘心。去除顶芽，让番茄不再徒劳长高，而是在有限的时间里，将能量留给待熟的果实，促进它们膨大转红。

相比大番茄，小番茄的管理就可以散漫些。邻居大

第六层花穗

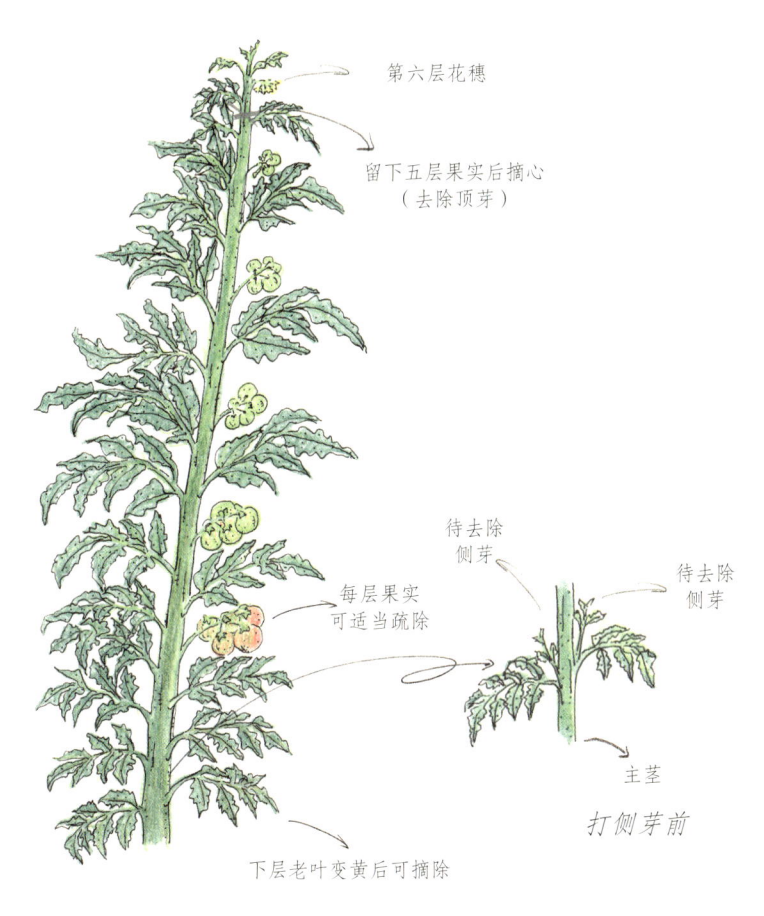

留下五层果实后摘心
（去除顶芽）

每层果实
可适当疏除

待去除
侧芽

待去除
侧芽

主茎

打侧芽前

下层老叶变黄后可摘除

掰除侧芽后的整株番茄

婶表示，她家的小番茄从不修剪，结的果儿照样吃不完。我们在种植中也有同感，小番茄不仅更皮实，结果的能力似乎也更强，即便疏于管理，多留了几条侧枝，也都能陆续挂果，自家菜园嘛，大点小点都是收获。每年过了雨季，在气数已尽的大番茄架旁，经常还有成串涌现的小番茄填补餐桌，仿佛有使不完的力气。不知道是否所有的小番茄品种都比大番茄更加原始，但至少从特性和果实的个头来说倒是符合。与野生种类比起来，今天的番茄个头和产量一路飙升，抵抗病虫和逆境的能力却在不断下滑，早就没有安第斯老祖宗那两下子了，重回野外很难存活。说到底，长期的驯化使作物对人逐渐依赖，大果和高产是我们的需求，不是番茄的，是它们放下野性换来的，我们自当担下该有的辛劳。以前让这一架架番茄活回原生态，是我们的失职。

之所以拿番茄当典型，是因为它容易旺长，剪与不剪的差别太过显著。而园子里的其他果菜，似乎在无人"打扰"下，亦能年复一年收获不错。可若想继续进阶，茄子、菜椒、各种瓜类等也都有其各自的修剪之道，这些年我们也在不断尝试。究其原则大抵与番茄类似，即在掌控好营养和生殖生长的平衡中求个更优的产量，毕竟光长个没收成，或是果太多植株受累，都不是农夫所愿。种菜门槛虽低，却有着生命科学的底色。剪枝虽不复杂，却不该生搬硬套，还需应对作物时时的生长变化。精益求精，才能种出好菜。

果树下的院子

美美的菜园边种上两棵果树，溜达几只鸡鸭，阿猫阿狗慵懒地晒着太阳，主人背靠躺椅，桌上一盘树熟的果实配一壶老茶，在山水间悠然地刷手机。然而，搬到乡下过小院生活的主人公真能这么轻松惬意吗？抛开种菜的劳累和满院子铲屎不说，单是一棵果树就能让舒适圈亮起红灯。

首先，在吃上树熟的果实前，得先忍得了因树结缘的虫子，这些年我可是深有体会。四五月里，蚜虫是桃树上的常客，芝麻粒大小，靠着孤雌生殖（生娃无需爸）的本事，短期内数量就能激增，黄黄绿绿，趴满了枝头的嫩梢，那种无缝衔接的队列简直要把密恐们置于死地。入了夏天，大桑树除了慷慨地结出甜美的桑葚，也会引来一种名为桑木虱的小虫，它们不仅像蚜虫一样吸食汁水，造成叶片扭曲，还会拉出乱蓬蓬的白毛，沾在叶上，挂到果上，飘落地上。那段时间，我和蚊滋滋都绕着走，偶尔馋了拽颗桑葚，还会被惊起的虫群乱撞一番。自桑树"长毛"开始，我的霉运也接连不断，无论是被核桃叶上扎堆的洋辣子（黄刺蛾幼虫）集体"亲吻"后脖颈子，还是被吸完梨汁的臭大姐滋了一眼"防狼喷雾"，哪个都疼得冒烟儿。等立了秋，桃树又来新客，枝头被鸟啄伤或是掉落的烂果，吸引着数量可观的绿豆蝇、花金龟，它们甩开各自的腮帮子吞吐、啃咬，贪婪的画面让人硌硬。

被虫包围的烂果　　长"白毛"的桑叶（桑木虱）

核桃叶背的洋辣子大军

多数虫子的造访,并不会要了树的命。唯独红颈天牛霸道,不仅能将卵产在树皮缝隙里,孵出的肉虫更像个小钻头,一个劲儿地往树里钻。在化蛹前,果树无奈地提供着吃住,它却借机在树干里大开隧道,导致树体逐渐空心。若不想陷入挖死树、栽新树的悲惨循环,还是赶紧放下茶杯去捉虫,防患于未然。我一般会循着树干周围掉落的新鲜"锯末"找到钻孔,趁着刚开啃的幼虫入树不深,有时一根铁丝便能直捣黄龙。若想见见真身,唯有当死树成了柴禾才有可能。树干劈开的那一刻,隧道露出,如果看到个白白嫩嫩、油光水滑、蜷蛹着像米其林吉祥物的家伙,要一把捏出,直接拿去喂鸡才算解恨。但对于已飞出树洞的成虫来说,想要抢在它们产卵前实施抓捕就得费点儿力气了。每年六七月是红颈天牛成虫的发生期,炎炎夏日,我都会在午餐后给自己加一场果园健步走。毕竟我热天牛也热，这个时段谁都懒得动弹。果不其然，枝干上无论是单只的，还是两只摞着的，都老实待着束手就擒，即便偶有被惊起的，也因飞速太慢，很好拍落，有时一趟走下来能逮个十多只。把活生生的红颈天牛抓在手上确实惊悚，它们拇指长的身体满是力气，暗暗较劲的同时蹬腿甩须，锋利的大颚一张一合，散出刺鼻的气味，难怪本地人叫它们"臭牛儿"。

这些年除了有蔷薇科的果树（如桃、杏、李、苹果）被天牛钻毙，还有一些悲剧来得更加突然。明明好端端的枣树一下子就生了"疯病"，陡然间无序生长，两三年便叶落枝枯，很难救活。常被认为很"北方"的柿子树，头年还果实累累，一场极端寒潮过后，别的树都安然无恙，就它没扛住，顶部的枝杈全部阵亡，靠着主干重新酝芽，缓了好几年，柿子才又给吃上。果树虽比蔬菜强悍，也并非不死之身，一轮病虫，一场天灾，都能让多年的辛苦付之一炬。

培育好一棵果树确实不易，除了浇水施肥，控草、修剪这些日常管护一样也少不了。都说守着大树好乘凉，可一旦让狡猾的拉拉秧这类爬藤植物钻了空子，借着没有及时割掉的大号灰灰菜攀上高枝，不出一个夏天，果树便会被缠成"木乃伊"。再想拯救只能拔断这些藤蔓的根，等着它们枯至干脆，再树上树下一通划拉，人也不免挂上一身渣渣末末，十分狼狈。若是性急，非要快刀斩乱麻，那不仅要做好划道子、刺口子、押脖子的准备，果树的枝叶也容易一并遭殃。而修剪不仅是个技术活儿，还考验忍耐力，北方往往选在冻到伸不出手的日子开工，只因冬季果树落叶休眠，此时动剪伤害最小。另外，登梯上高有危险不说，锋利的枝剪还容易误伤自己，就连迎着风锯树枝子，木屑飘进眼里，弄不好都是上医院的大事。

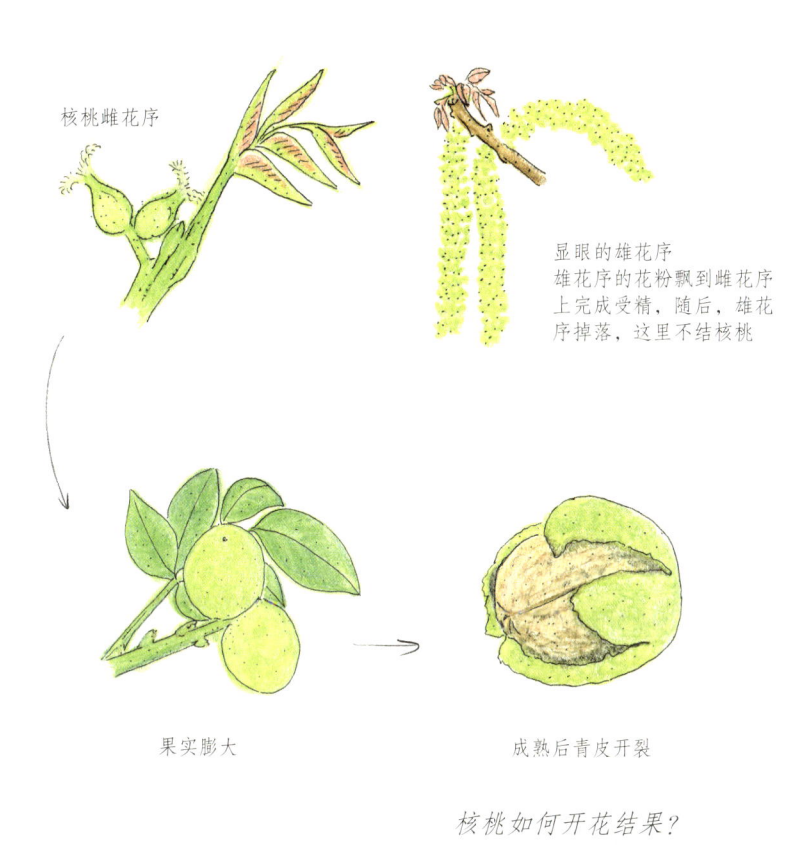

核桃雌花序

显眼的雄花序
雄花序的花粉飘到雌花序上完成受精，随后，雄花序掉落，这里不结核桃

果实膨大

成熟后青皮开裂

核桃如何开花结果？

相较之下，收获自是轻松愉快，但玩票式的采摘与限定时间内的应收尽收，完全是两回事。9月初是核桃集中成熟的时节，果实的青皮会在此时炸开，连同核桃掉落一地。用不了多久，腐烂的气息就能引来各路小虫，淌出的汁水还会将地面染黑，很难打理，唯有及时采收才能解决问题。打核桃需要备根长竿，无论是仰头发力，还是上树敲击，都考验着颈椎和臂力。这个季节的蚊子异常凶猛，成群结队像一股黑旋风，见人就扑。有一次，刚进果园，迎面而来的蚊群竟把我往后"推"出几步。我试着摇头晃脑，上下吹气，脚下踹着，手上甩着，伺机抄起竿子敲打起来。每竿下去，还得迅速低头后撤，就这样还被砸了两回。核桃落地后并不老实，轱辘得哪哪儿都是。撂下竿立马变身球童，跑跑颠颠，四处捡拾。一身的腰背酸疼蚊子包，以至于刚打完一棵树，便生了退意。

果树管理劳心劳力，但就是想在小院儿里种上两棵怎么办？假如让我推荐，非杏莫属。它4月开花，春寒料峭中很受虫媒青睐，也因此结实颇丰。根不挠地向下开掘，再干旱的土地也能立足。果实赶在6月成熟，避开绵绵雨季，也躲过了病虫的狂欢。即便采收期短暂，还可以用果酱瓶封存，细细品味一整年。当然，这份美味也来之不易，摘、洗、熬煮、撇沫、灌瓶，几十斤的杏大半天才做完。真实的乡村过的从来就不是"慢生活"，它琐碎、辛劳，却足够具体，这才是小院生活的真滋味。

--- TIPS ---

被洋辣子蜇了怎么办?

洋辣子的毒刺扎进皮肤后,会出现红肿,并伴随强烈的针刺灼烧感,如不加处理,疼痛难忍。被蜇后,蚊滋滋立马取来宽胶带在我后颈上利落地一粘一揭,"呲啦"一声,汗毛随毒刺一起被拔下,疼得我直嚷嚷。不过长痛不如短痛,此时再用肥皂水清洗两遍,痛感立马消去八成。但若是被蜇后出现严重的过敏反应,还是要第一时间去医院。

你要的成熟，我等不起

采收亲手种出的果实，是很多人对乡村生活的美好憧憬。然而，对于经年累月的农夫而言，采收算不上是多快乐的事，有时甚至比耕种还要辛苦。记得头两年早上不起，总赶着大中午才下地，那个时段的田里像个大烤箱，不但没人，连只狗都没有，我们执意要和被摘下的蔬菜一起脱水，让邻居们十分"钦佩"。后来改了傍晚收菜，舒适的温度又让蚊子多得没边，推着小车，载满大筐小篮，此时恨不能生出三头六臂，可以一边采摘一边抵挡蚊子的轮番滋扰！

本以为咬牙早起就能破局，却还不是全部。从 6 月中下旬开始，大批果菜陆续成熟，只要水跟上，哗啦啦几天就是一大拨。茄科的果还算显眼，瓜和豆则需要左右上下来回扒拉，密匝匝的藤蔓不仅常把胳膊腿儿蹭得奇痒，一些刁钻的果实还总能隐匿深处，保你一次摘不干净。为避免采收时拽伤藤蔓，除了豆角直接上手，其他都尽量用枝剪。早几年菜种得多，一收就是好几大筐，大的小的，新的老的，有伤没伤，挑挑拣拣很费工夫。一边干着还得一边构思中午的菜单，那些搁不住的，后续还得晒成茄子干、豆角干，做成番茄罐头。不过再怎么费劲，量大集中还是不免带来上顿下顿的烧茄子、拌茄子、蒸茄子、黄瓜条、黄瓜丝、黄瓜丁……嚼得我俩脑门发青脸发紫，实在塞不下去的，也只好便宜了走地鸡。果菜不像多数叶菜，一次播种，一批收获，而是次第开花，陆续结果，采收时段贯穿夏秋。一开始怕不够吃，总想着多种，等"疯"收时才理解大婶的念叨，"有两棵就吃不完的"。最近几年，我们缩减规模，把辛苦种植又消纳不了的部分从源头减量，像黄瓜、豆角、鲜食玉米这些常吃爱吃的，试着少量分批种，把收获时段拉开，采收不累，吃着也没压力。

除了优化种植安排，规律地采收同样重要。以前管理菜地比较随性，尤其雨季一到，不用再频繁浇水，下地的时间就没谱了。有时放任太久，就会碰上挤变形的番茄、手臂粗的大胖黄瓜和硬如柴的秋葵。前两者虽不中看，倒不影响吃，唯有这少年老成的秋葵，无论再怎么蒸煮也决不回软。后来才发现秋葵嫩果的采收期超级短，坐了果不足一周就得盯着摘，一旦果荚超过中指长度，便会迅速老化，失去弹性。几次碰壁后，我们便乖乖地两三天就去秋葵地里摘一圈，顺带对其他菜的巡查也规律起来。即便如此，由于秋葵的神速与高产，还是不免会有漏网的，索性让它们留在茎秆上风干，拉秧时剪下果荚，剥开里面满是墨绿色的种子，这才是秋葵真正成熟的时刻。清脆爽口的嫩黄瓜、香甜软糯的鲜食玉米，那种吃起来刚刚好的口感滋味，是食客眼中的"成熟"。然而作为一棵植物，蔬菜有着自己的成熟标准，那便是孕育出能够传宗接代的种子。

在真实的菜园里，多数蔬菜都过不完自己的一生。"吃花"的西蓝花止步于含苞待放；"吃嫩果"的茄子没机会展现它硬邦邦的一身金黄；短命的叶菜，由于被食用的部分是茎和叶，多数甚至连花都没来得及开，便离了土地，走上餐桌。自家园子里的叶菜采收没啥标准，只要能嚼动，大小倒是随意，像韭菜、木耳菜、空心菜这些，割茬还能促进新叶再生，多收获两轮。当然，是菜也不能一味收割，苗壮的个体通常能得到保护，以便获得来年的种子，而我们也能有幸目睹蔬菜们完整的世代交替。过了收获季，我们会在地里保留几棵叶菜，任其抽薹、开花、打籽。白菜的十字花、茴香的伞形花、茼蒿的"小菊花"、葱尖的大花球，既为菜园增添趣味，又给昆虫们多了一些落脚点。在菜的后半生里，曾经美味的叶片渐渐变得小而粗糙，味道苦涩。此时，它们与身边一株株平凡的野草无异，恪守着基因编码的规定动作，开花结实，散播种子。像韭菜、红苋菜、芝麻菜这些路子野的,更无需我们费力,菜地的角落里每年都能看见它们的身影。

含苞待放版西蓝花 vs. 怒放版西蓝花

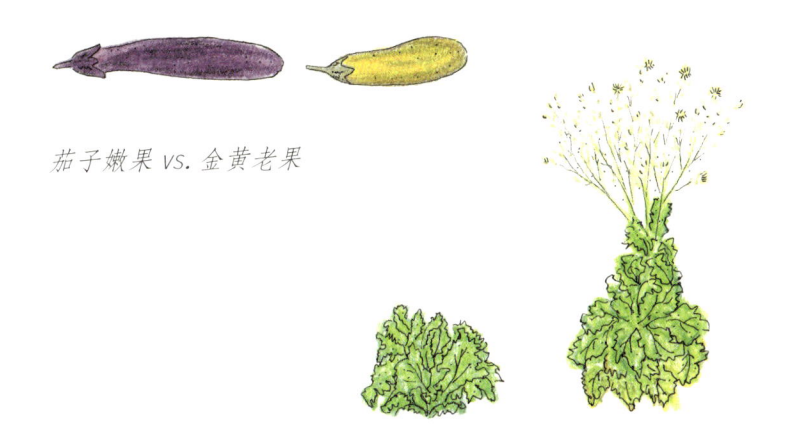

茄子嫩果 vs. 金黄老果

正要采收的生菜 vs. 开花结籽的老生菜

当然,也有些蔬菜可以"老少通吃",南瓜算是个代表。夏日田间劳作最是辛苦,薅草时顺手拽下一颗嫩瓜撇在地头,等收了工捎带回家,洗净切片,加点儿辣椒、蒜片清炒,就是一道快手下饭菜。南瓜老熟之后,烹煮方式更是多样，粉面的可以作为优质碳水添入主食、甜品，减少身体负担，水分大的更可以炖菜、做馅，绞瓜（南瓜的一种）、虾肉再搭配一绺韭菜做出的大馅儿包子绝对令人垂涎。看来，美味当前，终归是可以再等等的。

只是这样的等待换到黄瓜身上，却遭遇了偏见。通常我们在菜市场挑黄瓜，湛清碧绿、顶花带刺儿似乎是唯一标准，粗大皮厚的"老瓜"往往无人问津。我原本也是这样，直到在一座紧邻越南的边境小城才开了眼界。热闹的集市上，很多摊位都撂着圆柱状、金灿灿的瓜。吃饭的时候，热情的老板娘会在大家等菜的当口送上一盘白糖拌"金瓜"。眼瞧着，还以为是香瓜的亲戚，可下嘴一尝，这不老黄瓜吗！诚不欺我，"老黄瓜刷绿色（shǎi）"确实是为了装嫩。自打知道这个秘密，我们在种地的时候还就爱上了老黄瓜，并琢磨出一套行云流水的吃法。将瓜皮打碎滤出青汁，可做成碧玉般的冰粉，去皮去籽的瓜肉仍保有脆感，随手凉拌可甜可咸。剩下的老黄瓜籽趁着新鲜拌蜂蜜吃进肚，第二天早晨一睁眼就能体验如厕的爽感。自己种菜，难免有来不及采收的时候，为了不浪费而硬要将老菜上桌难免鸡肋，然而老菜新吃的钻研，不仅可以菜尽其用，更是对我们食物观的重新构建。

如今看来，培植一片菜园的确让人受益匪浅。劳作不仅能舒活筋骨，获得时令采收的便利，更能目睹生命荣枯的完整。而探索多样的烹饪方式，更像一种仪式，让我们和蔬菜的努力都得到极致的发挥。

―――― TIPS ――――

气候因素与蔬菜开花有啥关系?

植物的抽薹开花常与气温和日照长短的变化相关。春季种下的叶菜随着气温升高,日照时间变长,许多便会从营养生长转向生殖生长,开花打籽。而对于红薯这种短日照作物而言,在南方常见的开花景象,换到许多北方地区,却因夏季过长的日照时间而受到抑制,长叶结薯却开不出花来。

白菜的十字花

茴香的伞形花

茼蒿的小菊花

葱尖的大花球

蔬菜花束

就在这一刻,别让它溜走

以前从未特别揣摩"收成"二字的深意,直到种了绿豆之后,心中才了然,"收成收成,收到才成"!绿豆与架豆不同,不需要攀爬生长,豆秧顶多长到四五十厘米,比黄豆还矮些,豆荚自下而上逐渐成熟。那年秋天湿气很足,担心靠近地面的豆荚发霉,每每下地拾掇园子,我们都会翻腾一遍,带回熟得刚好的。积少成多,初冬拉秧时,采收的豆荚已填满了一整筐箩。

北京入冬后空气干爽,几个太阳天儿,豆荚就显出极度脱水的干脆。我俩就着烧炕的炭火剥起豆子,原本午后的惬意时光,却被上了一课。绿豆瘦长的豆荚黑不溜秋,乍看普通,可手指一碰,竟唰一下裂开,荚分左右,向各自方向飞快卷出螺旋造型，好像某种扭曲的羚羊角。再看里面的豆子，早已被豆荚"弹"之夭夭，掉进石子路的缝隙。几次失手后，我们才发现，触碰到背面那条筋线一般不会让豆荚炸开，而腹面那条嘛，哪怕是再细微的碰触，也极可能上演刚刚那精彩一幕。稍有不慎，炸裂还会引发连锁反应，在笸箩里上演接二连三的"种子大炮"，剥个豆紧张得跟拆弹似的。一下午跟这些绿豆斗智斗勇，总算连剥带捡凑出一捧。赶紧搭配小米熬了两大碗粥，热乎乎下了肚，才感觉这收成终于是自己的了。

　　打那儿以后，我们开始留意自带"逃跑术"的植物。荒郊野地里，没人会给野草播种，这事只能靠它自己，可脚底下的资源本就不富余，把孩子们轰远点儿，既减少了彼此竞争内耗，又能高效扩充地盘，自此三大策略应运而生。第一路是装配上"滑翔翼"或"救生衣"，让种子顺风顺水远走他乡，比如春天从榆树上飘落的美味榆钱；第二路是搭上动物大军的"顺风车"，且看我们的小狗身上永远择不完的苍耳；而这第三路则主打一个"卷"自己。绿豆的弹射技能一定来源于它的野生祖先，其豆荚结构精巧，在逐渐干燥的过程中，荚内外组织因形变的差异，暗暗蓄力，随时待命。不过开裂除了需要力气，还得对准软肋。有人发现，在豆荚成熟的过程中，部分细胞会启动"自毁"程序，让接缝处变得"松散"，最终当那股力量积累到足够大时，就会听到清脆的一声"啪"。而除了弹射，有些果实甚至真的能"逃跑"。曾在纪录片里看过某种野生禾本科植物，成熟的果实脱落后，其上扎扎的长芒竟能随着湿度变化自发摆动，一粒粒果实就这么在地里"走"了起来，直至掉入合适的地缝儿才算满意。

绿豆果荚开裂

无论是弹射还是挂靠，植物自播种的天赋确实令人叹服，但如果这些逃走了的都是农夫翘首以盼的收成呢？幸好，经过祖辈的努力，多数农作物在驯化过程中，逃跑的能力被大大削弱。其中，栽培稻算是被调教得相当乖的优等生，在长期选育中，不仅没了锋"芒"，越来越胖的谷粒更是连掉落这个基本功都荒废了，收割后需要大力摔打，才能完成脱粒。种过旱稻之后，我们对栽培稻不落粒的"懒"算是彻底领教。一开始还傻傻担心那些金黄的稻粒会随风洒落，以至于连收割时都小心翼翼。后来我们学着老辈的方法，找来了大个儿的铁皮容器效仿木制打谷桶。可许是种植的品种不太适合手工脱粒，当我们一次次咆哮撒狠，疯魔般抓着一捆捆稻子反复摔打后，上面仍有些谷粒纹丝不动，像是黏住了一样。为了保障收成，最后我们不得不添置了机械化设备，在脚踏板、传动轴和大号狼牙棒一般的滚筒加持下，终于谷粒尽落，稻穗变回稻草。看来"粒粒皆辛苦"的背后，不仅有当空炙烤的日头，更有"秋收万颗子"的艰难呀。

脚踏式打谷机

当然，农业育种的选择压力还没有让所有作物都服服帖帖。芝麻的"叛逆"算是和绿豆不相上下，果实状如"小宝塔"，也是从下往上分批成熟，伴着秋风从顶部裂开。如不及时采收，裂口会顺着"宝塔"的接缝向下延伸，种子随即散落一地，损失产量。头一年，我们跟着果荚的成熟逐个儿采收，一棵芝麻一人来高，果荚上上下下大几十个，隔两天就遛一遍，很耗精力。村里人没有像我们这么"绣花"的，都是趁着半熟不熟，便整株割下扎成捆，倒置敲打，掉落的第一批粒儿用塑料布收集起来，慢慢分选。再找个宽敞地儿，扫净地面，让芝麻捆倚着墙站成一排晒太阳，静待剩余的"潜力荚"咧嘴，再如法炮制。即便有这样的土方法，芝麻的收成效率仍旧不高，而作为重要的油料作物，自然受到育种专家的重视。据说找到抗裂荚的新品种，实现芝麻的机械化采收仍是眼下的前沿课题。也许有朝一日，芝麻也会像栽培稻一样，乖乖放弃血脉中的野性吧。

敲打芝麻束

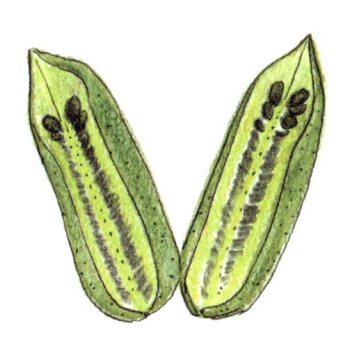

打开果荚，看见芝麻

  细想之下，如今我们还能一睹绿豆弹射和芝麻开裂的风采实属难得。诚然，野生植物接受驯化并非自愿，但也不一定是纯粹的自我牺牲。稻米在喂饱我们的同时，也拥有了前所未有的分布面积，而为了追求更多收成，人们又要对作物的生老病死负责到底。稳定的关系其实依赖于双方都能接纳的舍得。

小鸟园艺师

门前的香草花园中,紫苏和罗勒都颇受欢迎。特别在凉爽的夏夜,烧好木炭,肥大的紫苏叶可以给滋滋冒油的烤肉注入生动的灵魂。香气十足的罗勒叶更可做成口味浓厚的青酱,无论涂抹面包还是拌面,最能慰藉我们被热坏了的胃口。起初,长角羚为种出这两种香草颇费了一番功夫。先是在地里直接播种,等了两周都没动静。为抢农时,便又赶忙采购来现成的幼苗,在5月初栽上。随后而至的炎热和干旱,让苗极其孱弱,枝条还没怎么长高,花芽就早早分生出来,本该宽大的叶片长得委屈巴巴,直到雨季才繁茂起来。一次除草时,地里新冒出来的一批小苗引起了我们的注意,有的发紫,有的鲜绿泛着褶皱,是紫苏和罗勒没错！可这分明不是我们栽的，更没在这里播过种，这些小家伙是哪儿来的？

细细回想，过往劳作中的记忆碎片竟拼出了一段完整的影像。记得去年这会儿，这一片也是种的紫苏和罗勒，随着秋风驱散暑气，它们的叶子再次收窄，将更多养分供给长长的花穗。秋霜打过之后，叶子彻底枯萎，茎秆也逐渐干燥，不过这些干枯的枝杈总能在寒风中挺立不倒。曾经的小花此时大多凋谢，膨出一粒粒饱满的种子（实为生物学上的果实）。风吹过时，这些黄褐色的枝丫摇曳着，种子在空腔中撞击出细碎的"沙沙"声，竟让休止的冬季有了一丝欢快的腔调。我们会刻意保留这些枯萎，直到来年春天再将它们投入炉火。无论紫苏还是罗勒，它们的种子都富含油脂，亦是鸟儿钟爱的食物。这也是把它们留下的另一个原因，算作送给鸟邻居的过冬礼物。最常结队光顾这片食堂的要数麻雀，它们从不拿自己当作这片土地的外人，事实也的确如此。动辄十几二十口子，缀在枝间左啄右探，享用着能量大餐。现在看来，那些"空降"的小苗也少不了来自鸟邻居们边吃边抖落的种子。

如今，香草园里自播种的紫苏和罗勒早已过半，这些种子凭借自己的实力在下一个生长季破土而出，对这片土地和气候有着更强的适应力。尽管生物的动力只是促成播种的自然力之一，却让我们关注起鸟邻居帮忙种植物这件事。野生鸟很容易被鲜艳多汁的果实吸引，但它们的消化系统有些"草率"，由于没有兽类的牙齿和咀嚼能力，囫囫囵吞枣的取食方式，让多数果实里携带的种子可以闯过消化道的拦截，随着粪便重回土地。鸟儿翱翔天际的能耐又能将种子搬运得更远，因此它们必是野生园艺师中最出色的一群。

邻居家的农舍长期无人居住，紧邻我们的香草园，之间隔着一条浅沟。沟边自然生长着一排榆树，成为两家天然的视线屏障，在夏季也刚好为香草园提供清凉的树荫。可我们搬来没两年，这些榆树因生虫而日渐朽坏，越发不禁风雨，为避免倒向邻家农舍，我们只好去除了那些死去的枝干。虽能体谅邻居的担心，但失去这片"小森林"也让我们郁闷了好一阵，之后收来旧木料和枯枝，结合残留的榆木桩，将就出一道简易的藩篱，算是弥补遗憾。

本以为这个角落会因此沉闷下去，没承想在接下来的几年里，藩篱两侧不断冒出新生。突然没了榆树树冠的遮挡，野生的䕫草迅速占领了这块空地，铺天盖地把藩篱内外罩了个严实。为遏制其向香草园入侵，我们种上了高大挺拔的藿香，强悍的生存力使之与䕫草形成对峙之势，年复一年守住了这条楚河汉界。而藩篱之外，我们实在无力顾及，只能交给大自然那看不见的手，任其打理。没过两年，沟边真就重新冒出了些树苗，以桑树为主，其中也间杂着花椒和金银忍冬。这几位都能结出鲜艳的果实，能在这里扎根，想必小鸟园艺师们功不可没。

给小苗溯源并不难，门前的大桑树每年都结出巨量的桑葚，喜鹊、麻雀是来取食的常客，估计它们吃饱后乐得在邻居的房檐上，或是我们竖起的围篱间消消食，顺便留下些满是桑籽的粪便。园艺师们的工作竟是如此随意洒脱。邻家的院子里有几棵瘦高的果树长期无人打理，枝叶杂乱丛生，不知什么时候吸引了一对身披橄榄绿的白头鹎在这里安了家。金银忍冬的果实鲜红多汁，能在整个冬天稳坐枝头，于冬雪的掩映中更是晶莹剔透。白头鹎虽是南方鸟种，如今却有些全年生活在北京，金银忍冬提供的"冰糖葫芦"自然饱受它们青睐。我们的小山中并不常见野生的金银忍冬，这棵小苗几乎与白头鹎同时出现，很可能是这对新人从山下公路的绿化带中"打包"来的种子。花椒的出现也并非偶然，附近农户的果园里都会种上两棵自用。它们的果实虽然没有汁水，但在一片浓绿之中，粒粒圆润的通红足以吸引鸟儿赶来尝鲜。就这样过去五六年，桑树和金银忍冬都迅速蹿高，香草园又有了鲜活的树篱。花椒在树荫下虽然低矮，却和我们种下的藿香奏出美妙和弦。粉红的藿香花在晴日里吸引大量蝴蝶光顾，其中不乏大而艳丽的花椒凤蝶。饱食花蜜后，它们顺理成章地在花椒叶上诞下新生，宝宝们凭借叶片的滋养在此蜕变。从鸟粪般的伪装开始，一而再再而三，最终换上一袭鲜绿的战袍，直至化蛹成蝶，开启生命不息的下一个终始。花椒树的新生始于一坨新鲜的鸟粪，而栖居其上的花椒凤蝶幼虫也选择以一坨鸟粪的姿态登场，以避开鸟类的攻击。也许这纯属巧合，但这样的欢喜画卷还多亏了小鸟园艺师们。

  这些年陆续赏析了不少杰作，我们渐渐发现除了鸟

重获新生的绿篱是花椒凤蝶的王国

类,其他野生邻居也都深谙此道。比如经常在路旁长出的家核桃,甚至是野生栎树,很可能与岩松鼠掩埋冬粮的行为有关。日久天长,对于这些野生园艺师的作品,我们也梳理出了一些门道。成功的案例多会出现在路边、坡脚或空地的边缘,这里往往已有高大的树木或围篱,特别是在我们地里,还会刻意保留其自然而然的野性,让园艺师们有机会安心落脚。在它们取食、排便的过程中,一些幸运的果实或种子就有可能落入下方的灌丛缝隙,在这里得到萌发的机会。也恰是这茂密灌丛的遮掩,让它们的生长得以躲过割草机或农场动物的干扰,变得日渐高大。

读懂这些，作为里山自耕农，我们的认知得到了巨大的洗礼，这片土地其实应该，也一直有着多元的使用者，而我们只是其中之一。当我们获得了与野生邻居共用土地的视角，便会发现，各路园艺师的工作从未停歇。土地景观的改变中，除了人的操作，自然的更新也并非简单随机，谁能出现大都有赖一些机缘和关系，比如被鸟儿认可或被松鼠选中。香草园里我们种下的藿香与野蛮的葎草相互钳制，也可以和小鸟园艺师播下的花椒以及花椒凤蝶和声共鸣，这是园艺师们共同造就的生态之美。

第四章

回归

红薯、草木灰与蛴螬

每次收获红薯,请村里的大叔品鉴,他总会撇嘴,说小时候正经粮食吃不上几口,天天净吃这个,往后想起那一嘴的黏黏糊糊就没食欲。如今,红薯早已淡出了大主食的行列,但就凭它的省事高产,每年我们还是会种上一片。刚开始红薯结的个头不小,品质却不怎么样,边挖还边带出不少肉乎乎的蛴螬来,我早有耳闻,它们是花生、红薯的地下"啃王"。大叔过来瞅了两眼说道:"种之前没少上粪吧?"

"可不嘛!推了好几大车。您怎么知道?"

"瞧你这红薯一身窟窿眼儿,就是遭了地蚕(蛴螬土名),地里一下冒出来这么些,肯定是肥施多了给招来的。

种红薯啊，你少施肥，多撒点儿草木灰！"

经过调查研究，红薯对于氮肥的要求确实不高，草木灰中所含的大量钾肥又是促进结薯之关键。大叔说得在理！借着头年施肥多，第二年我们干脆躺平，全靠平日烧柴攒下的草木灰，一年到头，一块红薯地正好够用。秋天再一刨，不仅喜获丰收，还个个光溜，虫咬状况大为改观。惊喜之余想了想，难道之前红薯招虫，真的是因为施了肥吗？

头年的肥料来自附近的养殖场，就是些尚未充分发酵的牛羊粪，一般农户们运到地里都会放一段时间再用。我俩太勤快，粪一卸车，隔天便给匀开，翻进土里直接当了底肥。后来才明白，合格的肥料是需要熟化的，我们跳步了！之前的蛴螬泛滥，错不在"施"，而在于火候没到位的"肥"成了虫虫大餐。在温湿度、氧气和微生物的合作下，粪堆里较大的有机物质逐渐分解成可被农作物吸收的颗粒度，同时转化成稳定的腐殖质状态。经过腐熟的肥料，蛴螬们反倒是没了吃头儿，便不再聚集，怪不得总听村里人说"熟粪"才下地。

不过，蛴螬也不都在地里猫着。一年春天，我们帮邻居收拾废弃不用的草帘子就有了新发现。这些曾铺在蔬菜大棚上的旧"棉被"致密厚重，被层层折叠，堆得老高，上面有防水的棚膜保护。年头多了，膜上的窟窿大大小小，雨水渗入的位置，干草被浸润成深黄色。轻握着糟腐的草叶，稍一翻动，七八只熟悉的大白虫子立马现身。啊，蛴蛴不是应该住在土里吗？你们的妈怎么会飞来这么个鸟不拉屎的地方产卵？等我将草帘彻底拽开，才发现里面已烂出好大一个洞，黑黢黢的。周围一堆堆深色的颗粒引人注目，它们密密麻麻，如小号鼠粪一般，干燥且形制均匀。手机一查，还真没猜错，这全都是如假包换的蛴螬粪，网上当作花肥卖，价格贵着呢！当时捧起来手感真的是又松又弹，全然没有嫌弃之感，原来蛴螬不只吃红薯，烂稻草它们也吃得津津有味。

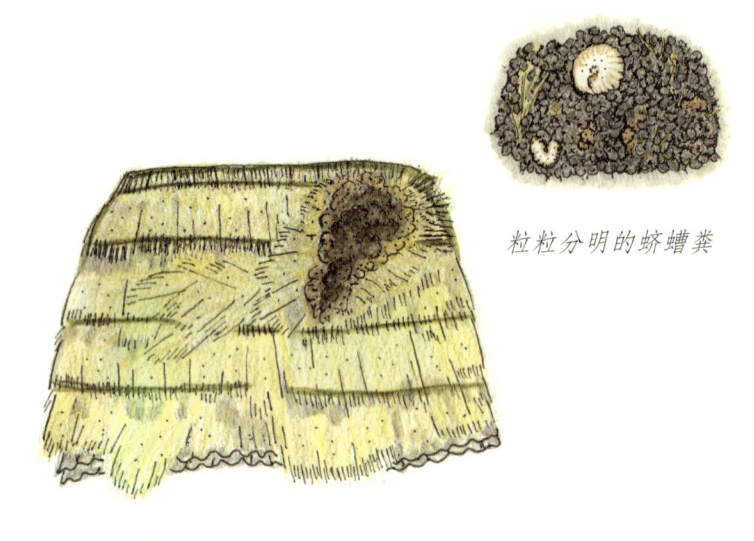

粒粒分明的蛴螬粪

草帘子垛里沤出的黑洞

不过蛴螬并非一个物种，而是对于金龟子一类甲虫幼虫的统称。别看它们变了成虫花花绿绿，各有各样，小时候却都白白胖胖，非专业人士很不好区分。我们查了资料，

铜绿异丽金龟

无斑弧丽金龟

白星花金龟

黄褐异丽金龟

小青花金龟

山上常见的金龟子

才发现不同种类的金龟子幼虫食性也很不一样,有吃植物的,有食粪的,也有号称专吃腐烂有机碎屑,不祸害菜的。不过就我们的日常观察,一些蛴螬的食谱边界貌似没那么清晰,不然随"肥"而来的蛴螬也不能把红薯啃成那个样子。后来为了补充些自产的肥料,我们开始试着将圈舍里的畜禽粪便收集起来,搭配着野草、落叶、作物残茬混合堆放。一段时间后,用铁锹下去扒拉,果然,熟悉的黑颗粒又出现了,蛴螬大军纷纷出土。此刻的堆肥栏既有生粪又有烂草，蛴螬的出现并不意外，只是这次它们并未作恶。这些废弃之物，其实饱含营养，被堆肥栏里的鼠类、节肢动物、蚯蚓和各种微生物层层"苛扣"。丰饶的地下世界犹如塞伦盖蒂大草原，五花八门的食草动物，各吃各的草，各奔各的命，物质循环的齿轮也因此得以运转。不知道眼前的蛴螬们于这片土壤与肥堆间如何穿行，更不知那些细碎粪堆的前世究竟是来自绵羊、一摊烂番茄，还是腐朽不堪的玉米秆。但每一个物种，每一个这样的小动作都无疑加速着肥堆的腐熟，使其早日还田。我们必须承认，这回蛴螬给农夫帮了忙。

　　蛴螬立功，是因为出现在了对的位置。农夫的位置又该在哪儿？自然的山林无需刻意施肥，却能长得郁郁葱葱，是因为林间的所有枯落物、粪便，甚至动物尸体都被保留了下来，营养物质在微生物的转化下不断积累返还。而农田与森林不同，它的养分被不断收割、运走，想要维持平衡更需精打细算。农夫身处其中，早已知晓这"废弃物"的珍贵，只因现代化的产业模式阻断了变废为肥的通路，让畜禽粪与秸秆一度变成了污水和浓烟。好在这些年，土地上的废弃物重新被人们看见。记得刚上山时，一走进镇上的农资店，各种品牌的化肥铺天盖地，让你觉得今天要是不买点儿，都不配种地。眼下柜台里，除了腐熟的鸡羊粪，各种原料制成的有机肥、生物菌肥也逐渐多了起来。推销员的话术也改了："这有机肥吧，是贵点儿，可这地里光用化肥也不行！"此外，村镇上还专门开了小厂子，回收树枝秸秆，粉碎制作有机肥，被大婶们戏称为"垃圾肥"，说它虽然没那么大劲儿，但对土好！更开心的是这几年蛴螬的名气也越来越大，有不少人尝试用畜禽粪便搭配秸秆来养殖，帮助农业废弃物转化，出栏的虫用作饲料，虫粪还能制成有机肥重新还田，一举多得，何其美也。

　　回到自然的语境，也许本就不存在什么是"肥"，什么是"废"，有用无用皆需物尽其用。万物流转之间，木柴的灰烬成就了红薯，继而喂饱了农夫和蛴螬，我们各司其职平衡着土地的收支簿，约好明年红薯地再见。

菜生按下暂停键

最近两年的立冬节气，天总是该冷不冷，虽已下过几场霜，地里的小白菜还都绿油油的，只是生长在此刻放缓了脚步。面对逆境，植物会选择不同策略让代谢的速度慢下来，甚至停滞。休眠可能是成本最低的方式，好天气一到又能重启。

种子是常见的休眠体，而像我们地里的芦笋、黄花菜这些多年生种类，除了结籽，其地下根、茎也能通过休眠抵御寒冬。还有些蔬菜的休眠体不仅是地下营养器官，在驯化中更变得像果实般肥美，既可作为食物，有的还能当"种子"用。小时候跟着老人逛菜市场，总以为摊儿上琳琅满目的蔬菜，不是吃叶，就是吃果，从未想过还有其他，更不知其中一些生命力爆棚的家伙只是被按下了暂停键。

葱头圆头圆脑，像个果实，实则是洋葱特化的鳞茎。植物学上洋葱是典型的二年生，我们在秋季播下洋葱籽，等小苗长出一拃来高便进入冬季休眠，第二年随着生长，地下的腰身日渐膨大，后期葱头甚至会鼓出地面，内里由肥厚的鳞片层层包裹，还自带一股子辛辣气。这本是为了防着动物啃食，无奈人类来者不拒，苦辣酸臭都能化作美味，还在乎切洋葱时那几滴眼泪？每年6月下旬，随着枯黄的洋葱叶纷纷躺倒，即到了采收的时刻。与之前"坏"天气的胁迫不同，这些被收获的鳞茎还会再来一轮主动休眠，且其间再怎么创造"好"天气，也不醒来。换言之，这次洋葱不是"天儿不好才睡"而是"到点儿就睡"。原产中亚，夏季高温干燥的天气，让洋葱从老祖宗那里继承了"夏眠"的本领。至此，大胖葱头算是结束了菜生上半场，我们此刻果断下手，满满的库存便被一举截获。然后把冒尖的两大筐抬进库房，一整个夏天，它们既不缩也不烂，简直像一堆塑料球。直到入秋后被吃得所剩无几，才有个别苏醒过来，冒个芽，证明自己还活着。

同为鳞茎的大蒜，休眠的逻辑与洋葱类似，这让六月下来的新蒜在家能存上好一阵儿也不长芽。不过比起洋葱，大蒜的鳞茎分出了瓣儿，且每一个都是独立的休眠体，这直接打开了农夫的脑洞，让蒜瓣变成了"种子"。与洋葱用种子繁殖不同，大蒜因天然不育，蒜瓣作为妈妈（蒜头）身上掉下来的一块肉，9月种下，不仅出芽速度快，还有现成的营养直供,第二年6月采收,一瓣直接换回一头,标准的营养繁殖。一年夏天,看见邻居地里一片枯黄,满是东倒西歪的蒜叶,还以为全军覆没,哪知刨完后给拿来一辫子,上面蒜头竟个个饱满,还让我们留点儿蒜瓣秋天种。入冬后,由于外来羊群扫荡,新一茬秋播的蒜地尽毁。幸得邻居支招,说可以等到春茬再补种,只是产量会低些。头回听说蒜能春种,本地竟还有"种蒜不出九,出九独头走"的说法。这里"九"指的是数九,出了九大概就是惊蛰、春分之间。那年补栽蒜种的时间被耽搁了,植株没有经历足够长的低温淬炼,既没抽薹,蒜瓣的分化也受了影响,我们真就只收了些小不点儿的独头蒜。还好,独头的蒜皮超级好剥,又风味十足,也算是歪打正着。然而对于大蒜,长成了独头终归是发育不良,几个月的辛苦,一小瓣就换来一大瓣,算是白忙活了。

与前两位不同,土豆的休眠体是被称作块茎的营养器官,别看它也圆滚滚的,却相当于一段能发芽的枝条。土豆"种子"则是被分割好的带芽薯块,种一块下去,由春到夏,便会结出若干新土豆。自淡雅的土豆花开,到地面茎叶自然枯萎,植株合成的营养被不断存入这些地下块茎中。而作为土豆植株真正的果实,那些枝叶间的绿色"小番茄",非但无人问津,还常因与块茎争营养的罪名被去除。种植期间,我们还会不断培土起垄,为块茎提供疏松黑暗的生长环境。有时两次培土间隔久了,一些小土豆还会拱出土来,见光的薯皮迅速由黄转绿,甚至滋出嫩芽,这便是"茎"之本色。

开花落果，块茎续命，土豆的天性在农田里算是得到了不错的释放。相比之下，作为盛行北方的冬储菜，大萝卜的心愿则有些无处安放。虽然都是土出身，但限于山上的条件，春种往往产量不高，还容易糠心。故我们的大萝卜多是秋种，两个多月时间，形色各异、肥大结实的肉质根迅速长成，于霜降前采收，并在强制"冬眠"（冬储）中被慢慢吃光，再无开花运。因此，每到冬天吃萝卜时，我们常会保留一小截萝卜头儿，两三周的悉心保湿，顶端活跃的分生组织便会酝酿出叶芽与花芽。就凭借这一点点储存的养分，萝卜的枝条越长越高，向周围开散，最后竟陆续绽放出十几朵洁白如玉的十字花！这也算是帮它了却个心愿吧。

萝卜头开花啦

"换个地方，避避风头"是电影中落难大佬们图谋东山再起的老词儿。面对环境压力，蔬菜们除了结籽，也会选择转战地下，借着"暂停"重启新生。地上枯萎，土中鲜活，看似灰飞烟灭，实则蓄势待发。见识过一颗大萝卜被激活的新生，再看那些厨房角落里放了许久，从休眠中缓醒过来，悄悄发芽的洋葱、大蒜和土豆，便不再大惊小怪。无论葱苗、蒜青还是萝卜缨子，大可以放心大胆地端上餐桌，那都是人家存下的精华。即便是像土豆这种，发芽时会释放毒素的，与其纠结到底能不能吃，还不如顺势而为，开春的时候在楼下找片空地种下，成就一颗换一袋的好事。

发芽的洋葱、大蒜和土豆

本地农民本地菜

大集是乡村生活的窗口，总能透射出时代变迁的影像。记得早先，大叔大婶们骑着三轮去摆摊儿，自家产的新鲜菜，每样儿几棵摆一地，和摊主一样，个性十足。零星还有些外地小卡车，靠着应季单品走量，批发西瓜、白菜。近些年，许多菜摊儿变得大而全，地域和时令的特色不再鲜明，东西个儿大漂亮，刀砍斧剁一般齐，就像在逛露天大超市。买主里，上点儿年纪的却总打听："有本地菠菜吗？咋没老辈子的韭菜了？"在他们的年代，农民种地留种子天经地义。许多本地蔬菜的老品种正是经本地菜农的手代代相传。如今，随着这些人的减少，农业模式的转变，"自留种"已变得低效过气。购买"本地菜"，也渐渐成为一种情怀，只因本地人种出的本地菜，仍保有信任的纽带。

5月的一次集上，偶然碰上曾教我们育苗的李大叔，当时他在自家摊儿上忙得直冒烟，顾不上闲谈，抄起两捆小葱就往我怀里塞："拿着吃去，吃不了栽地里。"还没来得及道谢，我们便被人浪推出了聊天区。后来，这批葱长势不错，我们随长随薅，一直吃到年末，剩几棵索性留在了地里。二年生的大葱果然守时，次年不到4月便滋出新芽，我们掐了点儿春葱炒鸡蛋，然后和小蜜蜂一起，静静陪伴那个似礼花绽放的大花球，由饱满至枯干。很快，脱落的种子萌发出一片片新葱苗，在老葱的身旁形如乱发。可惜它们生不逢时，大都随着七八月的雨热消逝，剩下的不算多，倒也够吃了。

再见面时，我们跟李大叔念叨了几句种葱的趣闻。他笑了笑，说我们那套省力自循环（不作为）的种法，就为吃点儿"小葱"还凑合，真想种出个大、白儿长的冬储葱，还得下点儿功夫。每年大叔家种葱，从3月就忙乎开了，整地撒籽、耙平压实、开渠灌水，等葱苗长到6月便要开沟，移栽成行，之后随着生长，他会分几次培土，将葱沟堆成高起的葱垄，并同步追肥。一番"低栽高培"正是要通过覆土遮光，叫停叶绿素的合成，催生出更长的葱白儿，此乃北方大葱风味之所在。传说中的"沟葱"原来是这么种出来的！

李大叔说地里的葱要到10月底才收获，之后该卖的

比大婶还高的沟葱

卖,该吃的吃,还得挑出一些留种用。"您还自己留种子?"我满是好奇。

"可不嘛,这批葱的老祖儿,还是在咱集上买的,说起来都二十多年了。"大叔是个好琢磨的人,每次上集不光摆摊儿,还爱逛摊儿,特别乐于跟同行交流蔬菜品种的小道消息。那年他碰上一个专卖冬储葱的,葱白儿又粗又

179

长,一下就相中了,脚底下都挪不动步。自己的菜也不卖了,跟摊主直接摊牌:"给我拿两捆,明年留种用。"摊主也是实在人,一看大叔是个菜把式,还有点儿英雄惜英雄的劲儿,爬上车斗翻了个遍,挑最好的凑出两捆,让李大叔拿去种。

试种一年,效果不错。李大叔又从邻镇寻摸来另一个葱身细,但葱白儿更长的品种,想着让地里的葱"粗上加长",便将两种栽到一块,让它们相互授粉,边种葱边搞起了"育种"。同样的光热水肥伺候着,那些长得更高更壮的便是大叔瞄上的留种对象,每年入冬前他负责选出健康结实的种葱,打成捆,堆放在库房一角,等第二年开春一化冻就又栽回地里。他说,栽之前最好剪去上半截的茎叶,这样日后好开花。怪不得上回跟着大叔学育苗时,看见好些个半截子葱冷冷地戳在地里,原来都是种子选手!随着它们滋芽,抽薹,一直等到5月末开出的花球成熟,便可剪下装袋,阴干后上面的种子很好脱落。如此,把自己挑选出的精锐部队收集起来,来年再战,李师傅的干劲更足了。

除了品质和产量,强大的生存力是大叔选种的另一考量。一年夏天,大雨折着跟头下,一场接一场,我们地里的萝卜种子,播一次冲一次。李大叔家更惨,由于地势低洼,几片葱地直接给涝死了,二老那年格外辛苦,重新翻种了白菜,才算挽回点儿损失。不过那次大葱受灾,最为他们揪心的还是葱种断茬的问题,没想到跟大叔一提,他倒是积极看待。前几天他偶然发现地里的大葱其实并没被一网打尽，零星的活口正在东一棵西一棵地支楞起来。他说："这些可是宝贝，我得把它们看好喽，你没看，连白菜我都绕开了栽。"在他看来，这回的极端天气反倒成了可遇不可求的选种良机，能挺过来的大葱，势必不凡！年底我们去二老家里拜访，看着角落里那几捆劫后余葱，心想一方水土养一方人，种子又何尝不是，这一代一代，本地的大风大浪见多了，自然更接地气。

也许从专业育种的角度，大叔的操作无论就标准、效率，甚至科学性而言，都存在瑕疵。但他凭着优中选优的朴实信条，持续不断挑选、保留种子的行为，依然饱含价值。毕竟几千年的农业文明，种子一直是靠农民的手和眼才得以代代相传。大叔的葱虽至今也没育成啥定型的新品种，但年复一年的严选，让整个"葱群"产量提升，也更加适应本地水土，无论风味还是长长的葱白儿（北方消费者购买冬储葱的重要指标）都在大集上得到认可。一句"这一片种葱的，就没谁比得过老李！"足以慰藉大叔一年的忙活。而买主们之所以执着于更长的葱白儿，除了口味习惯，更是由于其作为食用的核心，比起迅速枯干的葱叶，更能耐受北方的漫漫冬日，便于长期储存。在湿润的南方，恐怕白儿长的大葱不耐水涝，再加上家常下厨更偏爱碧绿的葱叶，当地多栽培小葱（分葱）就不足为奇。据此一看，本土品种的保留，关乎科学技术，关联在地文化，本地农民的延续更值得关注。

TIPS

适合新手留种的蔬菜种类

豆类绝对是首选,作为一年生自花授粉作物,它们"保守"的繁殖方式有利于后代性状的稳定保持。以花生为例,因其食用部分花生米本身即为种子,这样一来收获与留种便可自然衔接。不像一些瓜果类,还得经历挖籽、分离果肉等繁琐过程才能留种。而采收叶菜时,它们尚未开花打籽,要想留种就还得等等。每年我们收花生后,经过简单晾晒即可保存。来年春天再邀请家人朋友帮忙剥壳,挑选出个大饱满的下种。

冬小麦的黄金魔法

顽强的冬小麦令人十分钦佩,它们在秋天入土发芽,是为数不多能以完整植株过冬的作物。冰雪消融之后,地里的麦苗迅速返青。如若春雨来得及时,它们很快便拔起绿油油的苗壮,到了夏天,迅速吐穗扬花,织就出一片希望的田野。

长势喜人的麦田勾起我这枚煮妇无尽的遐想,南北东西各色面食走马灯似的在脑海里闪现。在冬小麦成熟的冲刺阶段,我们更是频繁下田查看,浇水、控草一样都马虎不得。连续多日的干旱,让小麦间生出密密麻麻的蚜虫,正是心急,却发现又一波"麦田守望者"紧随其后。瓢虫是最先到达的家伙,它们降落在一群不挪窝的蚜虫堆里迅速开餐，其中更有几只忙不迭地配对交尾。几片叶子之外，一只瓢虫妈妈已然颤动起腹部，紧跟着，一粒粒橘黄色的卵丝滑排出，形成一个小小的矩阵。这些可是宝贝，几日后，身披毛刺铠甲的瓢虫幼虫破卵而出，那些正吸食麦汁的蚜虫，再次成为饕餮聚餐中被抢夺的美食，瓢虫还真是一辈子都跟蚜虫过不去。来赴这场盛宴的，还有各式各样的食蚜蝇，无论轻盈纤细，还是身材滚圆，都会身披黄黑相间的条纹，尽力把自己扮成蜂的样子。可惜自带"麦芒"的粗短触角泄露了天机，细心观察的人更能通过翅的数量看穿它们蝇的身份（双翅目的蝇只有一对翅膀，膜翅目的蜂有两对）。还有一些在草叶上挺立的细丝，顶端支撑着比芝麻还小的洁白卵粒，像个小精灵的家，那是喜欢夜行的草蛉悄悄产下的宝宝，它们同样为了蚜虫大餐而来。保镖如云，冬小麦的籽粒终于日渐饱满。

长着粗短触角的食蚜蝇

身披毛刺铠甲的瓢虫幼虫

转至6月，夏至前后是北京地区麦收的时令，此时的田地已是一片金黄。手工割麦的辛苦不仅在挥舞镰刀之间，更在之后的碾轧脱粒和风选去杂。幸好这回我们从村里找来一部全自动小型收割机，正适合丘陵浅山局促的地形，一个多钟头就收完了三亩地，脱好的麦粒直接从机器里喷出灌袋，一气呵成。看着一袋袋沉甸甸的麦粒，我们紧锣密鼓地联系磨坊，却被告知新打的麦子并不建议立刻磨面，至少也要等到当年的秋冬。原来麦粒在收获后还要经历一番"后熟"，给够了时间，才能让内部的营养成分稳定下来，磨出的面粉品质更好，也更容易保存。

面粉虽是平日里的主粮，却很少有人看过麦粒的模样，而麦粒作为种子，随农夫的播撒进入下一个轮回的场面更是见者寥寥。不过，比之于其他作物，数千年前的农夫就已找到方法，在播种之外，同样可以释放麦粒中贮藏的生命力量。这当中，冬小麦的身份不再是食物那样简单，反倒更像是站在舞台中央的魔法师。

魔法从入水浸泡开始。我特意等到深秋，以免麦粒们在高温高湿的天气发霉。浸透的麦粒颗颗饱满，捞出放在干净的容器里，底下垫上纱布。从这一刻开始，我每天给它们喷水，保持环境湿润，并静静欣赏每一粒种子发生的变化。种子的一端最先膨出的白色小尖尖是它的胚根，之后它会慢慢拉长，然后在另一端萌发出绿色的胚芽。从浸泡种子到长出胚芽，大概用了一周。此时，绿油油的麦苗密密匝匝，用手轻轻触摸，那感觉像极了肥猫刚剃过毛的脊背，真是舒服极了。我还会时不时将麦苗翻转过来瞅瞅，那隐藏在底部白花花的根群，纵横交错，已然长成了厚厚的羊毛毡。正是因为这些强壮的根，冬小麦才能凌霜傲雪，挺过严寒。

我把嫩苗从根群上扯下，经简单冲洗后加少量水全部打碎，便得到一份浓浓的麦芽汁。浅尝一口，青草般的香气之后，竟是很甜很甜的回味，难怪蚜虫们那般前赴后继。冬小麦的魔法也因这份甜而再度升级。我把提前蒸出的一锅糯米饭（富含淀粉的粮食，甚至红薯也可以）与打碎的麦苗、麦汁均匀混合，于电饭煲中保温过夜后，再全部倒进纱布。为获得尽可能多的汁水，我花了大力气把纱布拧了又拧。最后滤出的残渣一部分喂了鸡鹅，另一些则加入鸡蛋、面粉和植物油，烘焙出原生态的高纤饼干慰劳自己。

接下来将是见证奇迹的时刻。我迫不及待地将甘甜清亮的汁水倒入复底锅烧开熬煮，直至变得黏稠。之后转成小火继续收汁，其间不停搅动以防糊底。此时，最能慰藉辛劳的，是屋里盈满的香甜芬芳。我索性闭上眼睛，撑开鼻孔，任其沁入心脾。最终，手上的木铲传来渐强的阻力，提起查看，铲沿儿上挂出三角形的浓稠糖液，这标志着冬小麦的魔法大功告成。手捧一锅金灿灿的麦芽糖，我不禁大声喝彩。这一整套流程极具生物工程底色，麦种萌发时产生的大量淀粉酶，不仅让自身储存的淀粉转化成麦芽糖，更高效地处理了质量至少十倍以上的糯米饭。这金子般的糖液正是出自我们与冬小麦的牵手，是生命与生命合作的交响。

熬到位的麦芽糖液

过往,从种植收获到加工食物,一气呵成的节奏往往让人觉得顺理成章。而通过与冬小麦的合作,我却看到了读懂世界的另一种可能。人类算是在地球上诞生很晚的物种,默默享受着这个世界宽怀的照顾。其他物种也许一直都在试图与我们建立积极的联结,只是年幼的我们尚需时日,才能一一读懂大家的善意。这该是地球最精密的生命魔法,值得我们加倍努力。

冬藏：把菜园搬回家

儿时在祖母家平房院落的生活记忆，总让我怀念垛满房前屋后的冬储大白菜，那该是北方冬天人间烟火的一抹重彩。而如今的便捷似乎冲淡了这份滋味，所幸菜园又让我重获机会，可以小心翼翼地接过每一颗瓜菜的饱满，安放好它们整年的努力和我们日子的踏实。

老辈庄稼人的生活靠土地更近，一些耐储存的根茎类及果菜往往就地挖坑窖藏。在北京，露地栽培的菜园一般在立冬前都会完成采收，西北风吹出持续的冰冻，即便喜冷的萝卜白菜也会吃不消。冬储菜的收获常选在早霜退去的上午，新下的蔬菜水分足，还得多晾晾才能储存。白菜和大葱最抗冻，直接在田里开挖大坑，白菜按棵，大葱成捆，根朝下整齐地戳着放，到了大冷，坑面上再铺上些玉米秸秆就算完事。萝卜虽也耐冷，但肉质根在存放时容易失水萎蔫，我们邻居大叔会挖更深的土坑，先码进半坑萝卜，再回填干沙土，最后用草帘或棉被一盖。南瓜、红薯最不耐寒，温度稍低就容易发霉腐烂。过去的农家会下挖一条两人深的储藏井，横向还要开出土洞，再加上保障通风的设计，其结构之复杂俨然一个小规模地下工事。

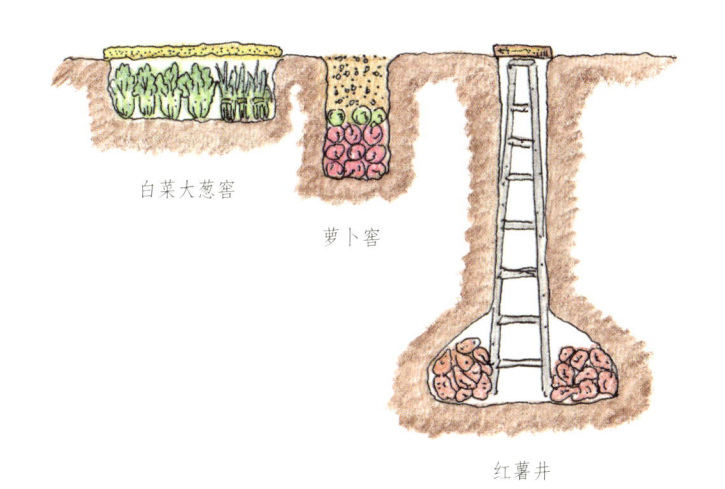

白菜大葱窖

萝卜窖

红薯井

常见菜窖示意图

现在的农户不愿再受那样的劳累，宽敞的砖瓦房里也总能闲出几间当储藏室。只要能保证室温在零度上下，白菜、萝卜、洋葱、大葱这一类就可以踏踏实实放到来年，

189

而土豆最好装进纸箱再盖上棉被保暖。南瓜、红薯则需要跟人蹭点儿温度，一般以不低于 10 摄氏度为宜，太高了南瓜肚里的籽和红薯又会忍不住发芽。此外，在冬储过程中，水汽大的蔬菜隔段时间还得翻动一下，一来挑除腐坏个体，二来也可顺便通风，调整温湿。然而，大葱是个例外，村里人常说"葱不怕冻就怕动"，便是在告诫我们，葱冻了并不耽误吃，但如果在储存期间常被挪动，反而容易留下"内伤"，日后加速腐坏。

遇上无法长期保存的叶菜，或是味道太冲的"犟种"，还有腌渍这招等着它们过冬。比如儿时祖母咸菜缸里的俏货"雪里蕻"，就是腌渍冬藏的典型代表。雪里蕻（红）也被称为雪菜，因抗霜耐雪得名。刚进 10 月，就下了头场霜，喜热的红薯秧一夜之间黑化溃烂，再看雪里蕻，团团簇簇完全没在怕的。之后的三两次寒潮，即便升级成霜冻加大风，也没让它低头，翠盈盈的绿竟在菜园里染出一片梅花般的傲骨。转至小雪，采收下来的雪里蕻与一般叶菜一样，无法长期保存，唯有腌渍接力方能过冬。

顶着略显诗意的名字，雪里蕻其实是芥菜的一种，跟芥菜疙瘩（根用型芥菜，又叫大头菜）算亲戚。由于栽培和饮食习惯不同，南北各地的芥菜各有各样，可无论是羽丝状的裂叶、肉质根，还是疙疙瘩瘩的瘤茎，它们大多辛辣味十足。因此，一些芥菜品类在采收后不会被用作鲜食，而是通过腌渍、发酵来促进辛辣物质水解，形成独特风味。收割雪里蕻时，浓郁的芥辣味扑面而来，这用来抵御虫害的硫苷类物质,勾起了我隐隐的乡愁。于是乎,爽快地寻来瓶瓶罐罐和大粒儿雪花盐,开腌!

冬日院落一角:白菜垛、晾晒的雪里蕻和芥菜疙瘩

北方腌渍雪里蕻不同于南地，大都在天寒地冻的时节，为获得储存时间更久、状态更稳定的咸菜，盐度往往会高达 20%。南方腌制雪菜，除了追求防腐保存，还常借潮湿环境助力有益微生物的滋生，以发酵来激发出层次更丰富的腌菜香，于是我们的餐桌上便有了回味悠长的酸菜鱼和梅菜扣肉。不过，所谓因地制宜，我决定学着祖母的北方法子腌上一回雪里蕻咸菜。立冬后选了个日头不错还带点儿小北风的天，镰刀划过之处，雪里蕻脆生生倒成一片。几天前刚好有阵合适的雨，叶子被冲洗得很干净，抖落掉切口处残留的土，择去坏叶，用干净无油的盆子盛装，将按比例称好的盐粒撒在层层叶间，两膀发力揉搓，如洗衣揉面一般。这么做并非要把叶子弄烂（雪里蕻叶富含纤维，并不易揉碎，是适合做腌菜的原因之一），而是为了与盐充分混匀，并产生机械损伤，以利日后释出更多风味物质。最终，当所有叶片都收拢成颜色渐浓的一团，便可封装腌渍。在过去，压着大石、满满登登的一缸腌货，足以撑起一家人整个冬天窝头咸菜的温饱。如今，新鲜蔬菜的四季供应已不成问题，健康饮食也提倡腌菜减量，比起大缸，倒是平日积攒的罐头瓶更派用场。滚水烫过放凉，把揉搓好的雪菜整理成小束，绾成结后放入压实，再淋上刚刚挤出的绿色菜汁排出空气，最上面撒少许封口盐。为防止旧瓶盖被盐水锈蚀，污染腌菜，我还会在瓶口封上保鲜膜再盖盖子，之后低温避光保存，至少等上两周再食用，以减低亚硝酸盐超量风险。

接连几天的忙碌过后，冬储菜已悉数入库，做好的腌菜也在储物架上排出漂亮的样子。此刻，整个人仿佛正跑着一场接力，交棒的蔬菜都已安然停歇，直等到寒冬腊月，雪里蕻腌菜开瓶的一天，煮一锅白菜豆腐，炸一碟萝卜丸子，再烧上一碗雪菜黄鱼才是终点。

拉秧有"感"

入冬前的拉秧,把已然凋敝或不再具备生产能力的瓜果藤、老菜秆从地里移除,是北方农民猫冬前的收式。乍一听,这活儿挺累,还没啥意思。殊不知,拉秧在把田地"打扫"干净的同时,竟不断激发着我们的感官,让劳作在土地细腻的肌理间擦出欢乐的火花。

拆解蔬菜架时,穿梭在往来无数回的地里,双手却摸索出截然不同的新世界。秋后的山上,首个零度以下的日子一般出现在10月初。这场低温会在蔬菜表面结出一层白霜,地里多数果菜都难逃冻害。以番茄为例,它们的叶子在一夜之间变得乌黑瘫软,低温让植株体内的水分结冰膨胀,导致组织破损,再无法继续挺拔。还好我们已将大批熟果提前摘走，剩下的都是些来不及转色的"小青"，把它们收入铁桶待命，接下来便开始拉秧。番茄没有缠绕的枝丫，只需剪断绑绳，整棵植株便会顺势与竹竿分离。早衰的黄瓜藤蔓已失了水分，顺着竹竿直接撸下毫不费力，干叶像酥脆的烘焙纸，于手心一攥便随风飘散。豆蔓不同，其质地密实又相互缠绕，即便干透，也会牢牢摽住竹竿。一圈圈拆开实在太慢，我们索性将竹竿从地里拔出，放倒，转动着一节一节从藤蔓中抽离。丝瓜架亦可用此法拆解，最后留下的老干瓜在手里使劲一摇，瓜肚里碰撞出"哗楞楞"一片，将一颗风干大瓜的成熟轻盈展露无遗。即刻动手，剥皮去种留瓜络，又得一件洗碗利器。

除了拆拆拆，拉秧还成就了我们和小羊的捡漏大会，让逐渐萧索的年尾充满意外之喜。

地爬南瓜层出不穷的藤蔓四面越界，其上宽大的叶片又进一步阻挡摸瓜视线，我们也曾深一脚浅一脚扫荡过这片瓜地，明明再摸不出什么来，可只要一下霜，南瓜叶一夜之间就被彻底打趴，帮忙拉秧的伙伴们随随便便又捡出十个八个，还净是些大家伙！借着盘根错节的藤蔓，给南瓜拉秧很容易做到牵一发动全身，只需割断那些拽不动的粗壮主茎，便可一次拖走一大片。玉米棒子也常有这种"永远掰不净"的局面。每年拉秧时，明明是收获完毕的地块，换人再走一遍，又能掰出一推车，再换个人，又扛出一麻袋……每个人发现世界的角度竟如此不同，小小一片棒子地，拣出了"发横财"的惊喜！

随着天气渐冷,山坡的野草开始不够羊吃,此时大批拉秧正好顶上,一顿自助大餐恰逢其时。小羊自有算计,"先叶后秆,尝鲜留干"是原则,干透的稻秆、玉米秆、南瓜藤多数不拿正眼儿瞧,毕竟入冬后"糙货"有的是。之前铁桶里的青番茄,连同蔫茄子、老菜椒之类则是因羊而异,有的羊如获至宝,有的却兴致寥寥。对于玉米叶、花生叶、红薯秧、白菜帮,羊群总算达成共识,提鼻子一闻,瞬间目光如炬,嘴速翻倍,嚼起来嘎嘣脆,听着特痛快。

对于来山上干活儿的伙伴而言,过惯了循规蹈矩的城市生活,拉秧独有一份"破坏的快乐"。给玉米拉秧,本只需一把镰刀,一手抓着秸秆,另一手从基部斜向斩断,几根凑一堆儿,运出田地即可。就这么个看似枯燥的活儿,许多伙伴竟然越干越上瘾,直到最后"杀红了眼",还问邻居家的玉米秆要不要干脆都砍喽!

洋姜的秸秆材质不同于玉米,完全干透后十分松脆。若掰下一截,剥去外皮,还能发现其塑料泡沫般的松弛内芯。拉秧的时候,大家会将梯田间大批洋姜秆运至堆肥栏,依靠既有的围挡层层堆叠成蓬松的秸秆蹦床。此时人们顺梯爬高,接连跳下,跟着便是各种上气不接下气的花式单人跳、计时团体跳,其间噼啪声、怪叫声不绝于耳,"人力粉碎机"最终将原本一人多高的秸秆垛生生蹦到与膝盖齐平。被压碎的洋姜秆正好拿去给洋葱地做覆盖,再小的间隙也能填得服服帖帖。

有时,拉秧也伴随着实打实的甜美滋味。初霜后,像

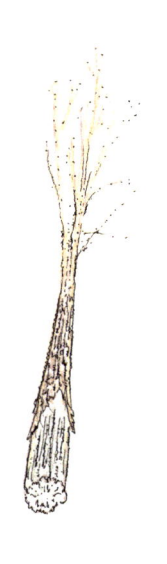

粗糙的洋姜秆有着柔软的内芯

空心菜、木耳菜这类喜热的菜会迅速挂掉，罗马生菜和油麦菜的叶缘也生出黄褐色的"冻疮"，但仍有一些抗冻的角色能一直熬过立冬，尤以油菜、大白菜、芝麻菜这些十字花科为代表。早年不懂，误以为被霜打蔫的它们气数已尽，幸好有明白人拦着没让拉秧，中午一回温，人家很快又夺回站姿。村里人有时会刻意让这类叶菜在地里多留些日子，说是霜打了好吃，这话确实不假。低温下，蔬菜为了自保，会将体内积攒下的淀粉分解为结构简单的可溶性糖，通过提升体内"甜度"，降低冰点，让自己挺过寒潮，也让食客跟着沾光，立冬后清甜的香菇油菜就是这般令人愉悦。不过一般来说，叶菜的拉秧不会拖过小雪节气，一旦土地被冻瓷实，根拔不出，锹也踩不进，就尴尬了。

香草也是需要拉秧的，只是形式略有不同。入冬前，

秸秆蹦床：预备，跳！

我们将需要保护的植株修剪一番再移入温室。作为特殊的拉秧产出，剪下的枝条因富含芳香油，会被保存起来，在特别的日子里助燃篝火。紫苏和罗勒的种子是鸟儿青睐的冬粮，我们选择把这些粮食留在枝头，直到来年春天。经过一冬的消磨，它们只剩秃秆，割下时却依然香气四溢。把这些秆子填进炕洞，屋子里的暖都跟着香甜起来。袅袅的烟气是对所有枯槁的告别，更是对新一轮焕发的欢迎。

（全书完）

香草螺旋花园

感谢天，给我们阳光、雨露和风，
感谢土地，给万物营养，
感谢水，滋润每一个生命，
感谢耕种的人，为我们生产食物，
感谢烹煮的人，给我们奉上美味，
感谢食物，将成为我身体的一部分，我会好好珍惜，
感谢伙伴，陪我共进美好一餐，
长者先，幼者后，大家请用餐！

——盖娅·沃思花园 餐前感恩词

长角羚 & 蚁滋滋

拥有生物学教育背景的"80后",两人相遇在挪威的 Ås 小镇,并于挪威生命科学大学硕士毕业后,加入环境 NGO 自然之友(FON)和野生动植物保护国际(FFI)。

2014年共同创建盖娅·沃思花园,开始自耕自食的里山生活和环境教育实践,愿通过耕种,将自然带回人心。

著有《土里不土气:知识农夫的里山生活》。

在里山种地

作者 _ 长角羚 蚊滋滋

编辑 _ 杨珊珊　　装帧设计 _ 肖雯　　版式设计 _ 付诗意
插画绘制 _ 蚊滋滋　　主管 _ 周颖
技术编辑 _ 白咏明　　责任印制 _ 刘淼　　出品人 _ 吴畏

果麦
www.goldmye.com

以 微 小 的 力 量 推 动 文 明

图书在版编目（CIP）数据

在里山种地 / 长角羚, 蚊滋滋著. -- 天津 : 天津人民出版社, 2025. 8. -- ISBN 978-7-201-21345-3

Ⅰ. I267

中国国家版本馆CIP数据核字第202554C0P8号

在里山种地
ZAI LISHAN ZHONGDI

出　　版	天津人民出版社
出 版 人	刘锦泉
地　　址	天津市和平区西康路35号康岳大厦
邮政编码	300051
邮购电话	022-23332469
电子信箱	reader@tjrmcbs.com

责任编辑	康嘉瑄
特约编辑	杨珊珊
装帧设计	肖　雯

制版印刷	北京世纪恒宇印刷有限公司
发　　行	果麦文化传媒股份有限公司
开　　本	840毫米×1200毫米　1/32
印　　张	6.5
印　　数	1—5,000
字　　数	100千字
版次印次	2025年8月第1版　2025年8月第1次印刷
定　　价	58.00元

版权所有 侵权必究

图书如出现印装质量问题，请致电联系调换（021-64386496）